G000041659

H. P. Lovecraft

La peur
qui rôde

et autres nouvelles

Traduit de l'américain
par Yves Rivière

Denoël

Ces nouvelles sont extraites du recueil *Je suis d'ailleurs*
(Folio Science-Fiction n° 84).

Howard Phillips Lovecraft est né le 20 août 1890 à Providence en Nouvelle-Angleterre (États-Unis). Son père, voyageur de commerce, est interné dans un hôpital psychiatrique où il meurt quelques années plus tard. Sa mère, gravement malade et atteinte de troubles mentaux dus à la syphilis, confie son éducation à l'une de ses amies, la poétesse Louise Imogen Guiney. Le jeune garçon est un enfant studieux à la santé fragile qui passe de longues heures solitaires dans la bibliothèque de son grand-père. Il commence à écrire des poèmes, puis des nouvelles fantastiques dans la lignée d'Edgar Poe et d'Arthur Machen dès l'âge de treize ans et se passionne pour les phénomènes astronomiques. Sa santé l'oblige à abandonner ses études avant d'aller à l'université, mais il adhère à un groupe de journalistes amateurs avec qui il entretient une correspondance importante. Le magazine *Weird Tales* fait paraître une de ses nouvelles, *Dagon*, en 1923. La même année, au cours d'un voyage à New York, il rencontre Sonia Greene, qu'il épouse mais quitte dès l'année suivante. Ils divorceront en 1929. De retour à Providence, il vit reclus, entouré de ses chats, et écrit la nuit ses plus grandes œuvres : *La couleur tombée du ciel, L'Appel de Cthulhu, L'horreur de Dunwich...* Il ne rencontrera guère de succès de son vivant et est contraint de travailler pour gagner sa vie : nègre pour Houdini, veilleur de nuit dans un cinéma... Rongé par un cancer de l'intestin, il est hospitalisé et meurt le 15 mars 1937 à l'âge de quarante-sept ans. Après sa mort, son ami Derleth s'attache à faire connaître son œuvre à travers la maison d'édition Arkham House.

Lovecraft a créé un univers mythologique, fait de mystère et d'épouvante, dont le *Necronomicon*, livre imaginaire et maudit, est l'ouvrage de référence.

LA PEUR QUI RÔDE

I

La peur qui rôde

Il y avait de l'orage dans l'air, la nuit où je me rendis à la maison abandonnée du Mont des Tempêtes pour y découvrir « la peur qui rôde ». Je n'étais pas seul, car la témérité ne se mêlait pas encore, chez moi, à cet amour du grotesque et de l'horrible qui a fait de moi un éternel errant, en quête de ce qu'il y a de plus étrange et de plus terrible dans la littérature et dans la vie. Deux hommes robustes et fidèles m'accompagnaient. Ils avaient une longue habitude de ce genre d'expéditions, auxquelles ils convenaient parfaitement et je les avais fait venir le moment venu.

Nous avions quitté le village discrètement, à cause des journalistes qui ne cessaient d'y rôder depuis la panique affreuse du mois précédent, lorsqu'était venue cette vision de cauchemar, la mort rampante. Plus tard, pensai-je, ils pourraient me servir ; mais je ne voulais pas d'eux en ce moment. Plût à Dieu que je les eusse laissés effectuer ces recherches eux-mêmes ! Je n'aurais pas été obligé de porter si longtemps ce secret, et de le porter seul, de crainte que le monde ne me croie fou, ou ne sombre dans la folie à cause des implications démoniaques de tout cela. Si je me suis résolu à parler, c'est que j'ai peur que l'obsession ne me mène à la démence, et maintenant je voudrais n'avoir jamais rien caché. Je suis seul à connaître la vérité sur la peur qui rôdait dans la montagne fantomatique et déserte.

Après des kilomètres de forêt vierge et de collines, notre petite voiture n'eut pas la force de monter la dernière pente boisée. La nuit, sans la foule habituelle des enquêteurs, l'aspect du pays était encore plus sinistre que d'ordinaire ; aussi fûmes-nous souvent tentés d'allumer les phares à acétylène, qui risquaient pourtant d'attirer l'attention. Ce paysage n'était vraiment pas agréable une fois la nuit tombée, et je crois que j'aurais remarqué son apparence morbide même en ignorant tout de la peur qui y rôdait. Il n'y avait pas de bêtes sauvages — elles se tiennent coites au voisinage de la mort. Les vieux arbres frappés par la foudre semblaient étrangement grands et tordus, et le reste de la végétation épais et chargé de fièvres, tandis que de curieux monticules et de petits tertres hérissaient la terre volcanique couverte d'herbes folles, évoquant des serpents et des crânes humains de proportions gigantesques.

Les journaux avaient publié des récits circonstanciés de la catastrophe qui, pour la première fois, avait attiré l'attention du monde sur la région. C'est par eux que j'appris, très tôt, que la peur rôdait depuis plus d'un siècle sur le Mont des Tempêtes. C'est une colline perdue, isolée dans cette partie des Catdkills à peine touchée jadis par la civilisation hollandaise, dont les seuls vestiges sont constitués par de rares maisons et une population montagnarde dégénérée habitant de pitoyables hameaux. Les hommes normaux sont rarement allés dans ces parages avant la formation de la police d'État, et même maintenant les patrouilles y sont rares. La peur cependant est de tradition depuis longtemps dans les villages voisins. C'est le principal sujet de conversation des pauvres montagnards, lorsqu'il leur arrive de quitter leur vallée pour échanger des corbeilles, tressées à la main, contre les objets de première nécessité que ni la chasse ni l'élevage ni leurs mains ne peuvent leur procurer. La peur rôdait sans cesse dans la maison des Martense. Abandonnée, évitée de tous, elle se dressait au sommet de la colline en pente douce à qui la fréquence des orages a valu le nom de Mont des Tempêtes. Depuis plus de cent ans, la vieille maison de pierre, entourée d'arbres, était le sujet de récits extravagants, incroyablement hideux, dont le thème était la mort, sous la forme d'un colossal démon, silencieux et rampant, qui sortait l'été. On répétait en gémissant qu'après la tombée de la nuit il s'emparait des voyageurs solitaires : parfois il les emportait, parfois aussi il les laissait sur place, affreusement déchiquetés et rongés. On prétendait également que des traces de sang menaient à la maison abandonnée. D'après certaines personnes, c'était le tonnerre qui faisait sortir le démon de sa retraite ; d'après d'autres, au contraire, le tonnerre était sa voix même.

Personne, hormis les gens de la forêt, n'avait cru à ces contes variés et contradictoires qui décrivaient de manière incohérente et délirante le démon à peine entrevu. Pourtant personne, fermier ou villageois, ne doutait que la maison des Martense fût hantée par un vampire. L'histoire locale interdisait d'ailleurs d'en douter, bien qu'on n'en eût jamais eu la preuve. Pourtant nombreux étaient ceux qui s'étaient livrés à des recherches, après avoir entendu de la bouche des montagnards des récits particulièrement forts. Les aïeules savaient des contes étranges sur le spectre des Martense. Elles parlaient de la bizarre dissymétrie des yeux qui était un trait héréditaire de la famille ; de sa longue et curieuse histoire ; du crime enfin qui l'avait vouée à la malédiction.

La catastrophe qui m'avait incité à me rendre

sur place était la brutale et sinistre confirmation des plus étranges de ces légendes. Une nuit d'été, après un orage d'une violence sans précédent, le pays fut mis en émoi par les montagnards en proie à une terreur panique, qu'on ne pouvait attribuer à des hallucinations. Ces pauvres êtres hurlaient et frémissaient au souvenir de l'innommable terreur qui avait fondu sur eux. Personne ne mit leurs paroles en doute. Ils n'avaient rien vu, d'ailleurs, mais les cris provenant d'un des hameaux prouvaient assez que le démon rampant était passé.

Le matin, des habitants du village et des policiers à cheval suivirent les montagnards à l'endroit où, disaient-ils, la mort était venue. La mort y était, en effet. Dans l'un des villages, le sol s'était creusé comme sous l'effet de la foudre, emportant plusieurs de ces taudis malodorants. À ce dommage matériel s'ajoutait une dévastation organique qui le rendait insignifiant ; l'endroit avait peut-être abrité soixante-quinze personnes ; on n'y voyait plus âme qui vive.

La terre en folie était couverte de sang et de débris humains qui n'exprimaient qu'avec trop de force les ravages exercés par des dents et des griffes démoniaques ; pourtant, aucune trace ne partait du lieu du carnage. Personne ne fit de difficulté pour admettre qu'il s'agissait d'un animal monstrueux et nul n'osa suggérer qu'il s'agissait peut-être d'un de ces crimes sordides qui se commettent parfois dans les communautés décadentes. On finit cependant par le dire, lorsqu'on apprit que vingt-cinq personnes n'étaient pas au nombre des cadavres. Même ainsi, il était difficile d'expliquer l'assassinat des cinquante victimes par cet autre tiers. Mais il restait qu'une nuit d'été, le feu du ciel avait laissé, en tombant dans le village maudit, cinquante cadavres horriblement rongés, mutilés et déchiquetés. Dans leur émotion, les gens du pays y virent un rapport avec la maison des Martense, bien qu'elle fût distante de plus de cinq kilomètres. Les policiers, plus sceptiques, n'examinèrent que rapidement la maison au cours de leurs investigations et, constatant qu'elle était entièrement abandonnée, ne s'en occupèrent plus. Mais les gens du pays l'inspectèrent avec le plus grand soin ; on retourna tout dans la maison, on sonda les mares et les ruisseaux, on battit les buissons, on fouilla la forêt voisine. Tout fut vain ; le démon n'avait pas laissé d'autre trace que cette destruction.

Dès le second jour de l'enquête, l'affaire avait été complètement exposée par les journaux dont les correspondants ne cessaient de parcourir le Mont des Tempêtes. Ils décrivaient la maison, avec grand luxe de détails, et tentaient d'élucider le mystère en interrogeant les vieillards du pays. Je suivis d'abord le récit de ces horreurs avec nonchalance, car je suis un connaisseur en la matière, mais au bout d'une semaine, ayant décelé une atmosphère trou-

blante, je me mêlai, le 5 août 1921, aux journalistes qui emplissaient l'hôtel de Lefferts Corner,
le village le plus proche du Mont des Tempêtes,
qui servait de quartier général aux enquêteurs.
Au bout de trois semaines, le départ des journalistes me donna liberté de mettre sur pied une
expédition fondée sur l'enquête minutieuse à
laquelle je m'étais livré en attendant.

Donc, par une nuit d'été déchirée de lointains
roulements de tonnerre, je quittai la voiture
silencieuse et montai, avec mes deux compagnons armés, jusqu'au sommet couvert de
bosses du Mont des Tempêtes ; les rayons de ma
lampe électrique éclairaient les murs d'un gris
spectral que laissaient entrevoir les chênes
géants, dans la solitude nocturne.

La maison, vaste et massive, produisait une
impression de terreur vague que le jour même
ne dissiperait pas ; malgré tout je n'hésitai pas,
puisque j'étais venu pour vérifier une hypothèse. À mon avis, le tonnerre faisait sortir le
démon mortel de sa cachette ; et que ce démon
fût un être matériel ou une vapeur pestilentielle,
j'avais bien l'intention de le voir.

J'avais déjà fouillé la maison de fond en
comble, aussi mon plan était-il tout prêt. J'avais
décidé de m'installer, pour faire le guet, dans ce
qui avait été la chambre de Jan Martense, dont
le meurtre occupe tant de place dans les
légendes du pays. Il me semblait que l'apparte-
ment de cette ancienne victime était celui qui

convenait le mieux à mes projets. La pièce, d'environ six mètres, contenait, comme les autres, tout un fatras, vestige du mobilier d'autrefois. Située au second étage, à l'angle sud-est de la maison, elle était éclairée par deux fenêtres sans vitres ni volets, une grande à l'est et une petite à l'ouest. En face de la plus grande se dressait une immense cheminée hollandaise, revêtue de carreaux de faïence illustrant l'histoire du Fils Prodigue ; en face de la petite fenêtre, un vaste lit avait été aménagé dans le mur.

Les roulements du tonnerre, bien qu'assourdis par les arbres, allaient en augmentant. Je mis au point mon plan. Je commençai par fixer côte à côte, au bord de la grande fenêtre, les trois échelles de corde que j'avais apportées. Je savais, pour les avoir essayées, qu'elles permettraient d'atterrir sur l'herbe en un endroit commode. Puis, aidé de mes deux compagnons, j'allai chercher dans une pièce voisine un grand lit à colonnes que je traînai latéralement contre la fenêtre. Après l'avoir recouvert de branches de sapin, nous nous y étendîmes, nos automatiques à portée de la main. L'un de nous devait veiller, pendant que les deux autres se reposeraient. De quelque côté que vînt le démon, notre fuite était assurée : s'il venait de l'intérieur de la maison, nous devions nous sauver par les échelles de corde ; s'il venait de l'extérieur, il nous restait la porte et l'escalier. D'après ce qui était déjà arrivé, nous ne pensions pas qu'il nous poursuivrait jusque-là, même en mettant les choses au pire.

Je veillai de minuit à une heure. À ce moment, malgré l'atmosphère sinistre de cette maison, le tonnerre et les éclairs, je fus pris d'une étrange somnolence. J'étais allongé entre mes deux compagnons, George Bennett du côté de la fenêtre et William Tobey du côté de la cheminée. Celle-ci me fascinait étrangement, je n'arrivais pas à en détacher mes regards. Bennett dormait, saisi apparemment de la même curieuse somnolence que moi, et je désignai Tobey pour monter la garde ; pourtant lui aussi commençait déjà à dodeliner de la tête.

Le tonnerre, de plus en plus fort, avait dû influencer mes rêves ; mon bref sommeil fut plein de visions d'apocalypse. Je m'éveillai à moitié, sans doute parce que Bennett, en dormant, avait jeté son bras en travers de ma poitrine. Je n'étais pas suffisamment éveillé pour voir si Tobey s'acquittait convenablement de ses devoirs de guetteur. Cependant j'étais très anxieux ; jamais la présence du mal ne m'avait oppressé à ce point. Je dus me rendormir, car c'est d'un chaos plein de fantasmes que j'émergeai lorsque des cris hideux déchirèrent la nuit, des cris tels que je n'en avais jamais entendu ni même imaginé.

Au milieu de ces cris, la terreur et l'angoisse frappaient du fond de l'âme aux portes d'ébène de l'oubli, follement et sans espoir. Je m'éveillai pour entrer dans un univers de folie rouge, plein de démons moqueurs, et je crus descendre dans un abîme de terreur inconcevable. Il n'y avait pas de lumière, mais sentant le vide à ma droite, je compris que Tobey était parti, Dieu seul savait où. Sur ma poitrine reposait encore le bras lourd du dormeur de gauche.

Puis vint cet éclair destructeur qui ébranla la montagne tout entière, illumina les recoins les plus profonds de la forêt séculaire, et fendit le plus vieux des arbres tordus. L'éclair démoniaque d'une monstrueuse boule de feu réveilla brusquement le dormeur et, à la lueur qui venait de la fenêtre, j'aperçus brusquement son ombre sur l'immense cheminée d'où je n'avais pu détacher mon regard. Que je sois encore vivant et sain d'esprit est un miracle que je ne puis comprendre. Non, je ne le puis, car l'ombre que je voyais sur cette cheminée n'était ni celle de George Bennett ni celle d'aucune créature humaine, mais une anomalie prodigieuse, un blasphème vivant, sorti du fond de l'enfer, une abomination sans forme et sans nom que l'esprit se refuse à concevoir et que la plume est impuissante à décrire.

L'instant d'après, je me retrouvai seul dans la maison maudite, tremblant et hurlant de peur. George Bennett et William Tobey étaient partis sans laisser de traces, ni même de lutte. Nul n'a plus jamais entendu parler d'eux.

II

Un passant dans la tempête

Après cette épouvantable aventure dans la maison cernée par la forêt, je restai couché quelques jours, à bout de nerfs, dans ma chambre d'hôtel de Lefferts Corner. Je ne sais plus comment je parvins à retrouver la voiture, à la mettre en marche et à regagner le village sans être vu ; je me rappelle seulement les arbres titanesques aux branches tourmentées, les roulements de tonnerre démoniaques, et les ombres venues d'au-delà du Styx sur les monticules qui parsemaient la région.

À force de réfléchir, en tremblant, à l'ombre que j'avais vue sur la cheminée et dont l'aspect défiait la raison, je compris que j'avais mis au jour une au moins des horreurs suprêmes de l'univers, une de ces flétrissures sans nom des ténèbres extérieures dont nous entendons parfois les faibles grouillements au bord extrême de l'espace et contre lesquelles notre vision limitée nous a miséricordieusement immunisés. L'ombre que j'avais vue, j'osais à peine l'analyser ou l'identifier... La « chose » s'était allongée cette nuit-là entre la fenêtre et moi et, frémissant de terreur, je ne pouvais rejeter le désir instinctif de savoir ce que c'était. Si seulement elle avait grogné, ou aboyé, ou ri même, il me semble que cette impression de hideur insondable aurait disparu. Mais non, c'est en silence qu'elle avait posé sur moi son bras lourd, ou sa jambe... Il s'agissait évidemment de quelque chose d'organique... Jan Martense, dont nous avions envahi la chambre, était enterré près de la maison... Il me fallait retrouver Bennett et Tobey, s'ils étaient encore en vie... Pourquoi l'ombre les avait-elle emportés, m'épargnant seul?... Dormir est si accablant et rêver si horrible...

Au bout de quelques jours, je me rendis compte que, si je ne voulais pas m'effondrer complètement, il me fallait raconter mon histoire à quelqu'un. J'avais déjà décidé de poursuivre mes recherches, car il me semblait, dans mon innocence, que l'incertitude était pire que tout, même si la vérité était terrible. Aussi je me résolus à ce qui me semblait la meilleure solution : choisir un confident et retrouver les traces de « la chose » qui avait fait disparaître mes deux compagnons et dont j'avais vu se profiler l'ombre de cauchemar.

Les gens que je connaissais le mieux à Lefferts Corner étaient les journalistes. Quelques-uns d'entre eux étaient restés pour recueillir les derniers échos de la tragédie, et c'est parmi eux que je décidai de choisir un compagnon. Plus je réfléchissais, plus mes préférences m'entraînaient vers un certain Arthur Munroe, brun et maigre, âgé de trente-cinq ans environ, que son éducation, ses goûts, son intelligence et son caractère semblaient annoncer comme un homme qui ne se laisserait pas arrêter par des idées conventionnelles.

Un après-midi du début de septembre, je lui racontai mon histoire. Je vis tout de suite qu'il l'écoutait avec intérêt et sympathie ; lorsque j'eus fini, sa façon d'analyser le problème dénotait une grande acuité d'esprit et un excellent jugement. Il me donna, en outre, des conseils fort judicieux : selon lui, il fallait suspendre les opérations à la maison Martense jusqu'à ce que nous possédions davantage de détails historiques et d'éléments géographiques. Sur son initiative, nous parcourûmes le pays à la recherche d'informations concernant la famille Martense. Un homme nous communiqua le journal intime de son aïeul, admirablement révélateur, et nous eûmes de longs entretiens avec les rares montagnards que la terreur n'avait pas fait fuir. Nous décidâmes de faire précéder notre tâche principale — l'examen complet et définitif de la maison, à la lumière de son histoire détaillée — d'un examen également complet et définitif des lieux associés aux différentes tragédies rapportées par la légende.

Les résultats de ces examens ne furent guère concluants au début ; l'ensemble pourtant paraissait indiquer une tendance significative : à savoir que toutes ces horreurs avaient eu lieu en général dans des endroits relativement proches de la maison abandonnée, ou reliés à elle par des parties de forêt où la végétation trop riche avait quelque chose de morbide. Il y avait, il est vrai, des exceptions. En fait, le massacre qui avait attiré l'attention du monde sur la région s'était produit dans un espace sans arbres, aussi éloigné de la maison que de la forêt.

Sur l'apparence et la nature du démon, on ne pouvait rien tirer des villageois effrayés et stupides. Ils le qualifiaient à la fois de serpent et de géant, de démon de la foudre et de chauve-souris, de vautour et d'arbre en marche. Pour nous, nous pensions qu'il s'agissait d'un organisme vivant très sensible aux phénomènes électriques des orages. Bien que certains récits fissent allusion à des ailes, il nous semblait, en raison de son aversion pour les grands espaces vides, que la créature en question devait probablement marcher. La seule objection valable était la rapidité avec laquelle elle avait dû se déplacer pour accomplir tous les actes qui lui étaient attribués.

Lorsque nous connûmes mieux les montagnards, nous les trouvâmes, par beaucoup de côtés, étrangement sympathiques. Ils étaient simples comme des bêtes, retournant d'ailleurs doucement à l'état animal, en raison de leur malheureuse hérédité et de leur isolement abêtissant. Malgré leur crainte des étrangers, ils s'habituèrent à nous peu à peu et finalement nous apportèrent une aide non négligeable

lorsque, au cours de nos recherches, nous entre-
prîmes de battre les fourrés et de démolir tous
les murs intérieurs de la maison. Quand nous
leur demandâmes de nous aider à retrouver
Bennett et Tobey, ils montrèrent un chagrin
sincère : ils voulaient bien collaborer avec nous,
mais ils savaient que mes malheureux compagnons avaient, comme les leurs, quitté définitivement ce monde ; nous étions convaincus de
la mort et de la disparition des hommes du
village, ainsi que de l'extermination des bêtes
sauvages. Nous nous préparions avec appréhension à d'autres tragédies.

Au milieu d'octobre, nous fûmes étonnés
d'avoir avancé si peu. Les nuits étaient claires,
il ne s'était rien passé, et la vanité de nos
recherches, pourtant complètes, nous faisait
presque considérer la « peur qui rôde » comme
un être immatériel. Nous redoutions la venue
du froid qui nous empêcherait de poursuivre
nos recherches, puisque, de l'avis général, le
démon se tenait toujours tranquille en hiver.
Aussi fut-ce avec une sorte de hâte désespérée
que nous nous livrâmes, pour la dernière fois, à
un examen en plein jour dans le hameau frappé
par l'horreur, abandonné maintenant par les
montagnards, tant ils en avaient peur.

Le village maudit n'avait jamais eu de nom
lui-même. Il s'étendait depuis longtemps dans
une faille sans arbres située entre deux sommets
appelés respectivement Cone Mountain et Maple

Hill. Il était plus proche de celui-ci que de l'autre, quelques-unes des frustes demeures étant, en réalité, creusées dans le flanc de Maple Hill. Il se trouvait à près de trois kilomètres au nord-ouest de la base du Mont des Tempêtes, et à cinq environ de la maison au milieu des chênes. Entre le hameau et la maison, il y avait bien trois kilomètres entièrement déserts, du côté du hameau ; la plaine était à peu près nue ; seuls s'y dressaient quelques monticules, semblables à des serpents, et la maigre végétation se composait d'herbe et de plantes desséchées. En examinant la topographie, nous avions fini par conclure que le démon avait dû venir par Cone Mountain, qui se prolongeait au sud par un bois jusqu'à une courte distance de l'éperon ouest du Mont des Tempêtes. Nous fîmes remonter la trace du soulèvement de terrain jusqu'à un éboulement venant de Maple Hill : la foudre, tombant sur un grand arbre isolé, avait fait sortir le monstre.

En inspectant pour la vingtième fois chaque centimètre du village maudit, Arthur Munroe et moi étions à la fois découragés et saisis d'une vague et nouvelle appréhension. Il était singulier, même pour des gens habitués à l'effroi et au mystère, de se trouver devant un endroit aussi dépourvu d'indices après des événements aussi accablants. Nous marchions, sous un ciel qui devenait couleur de plomb, animés de ce zèle tragique et sans but que provoque l'impression

mêlée de la futilité et de la nécessité de l'action.
Nous revîmes tout avec un soin minutieux,
entrant de nouveau dans toutes les chaumières,
fouillant chaque trou de la montagne à la
recherche de cadavres, inspectant chaque centimètre du sol épineux pour voir s'il ne recelait
pas quelque faille ou quelque caverne, mais tout
cela sans résultat. Pourtant, comme je l'ai déjà
dit, nous éprouvions une crainte vague, comme
si de gigantesques griffons aux ailes de chauve-
souris nous contemplaient par-delà les abîmes
transcosmiques.

L'après-midi s'avançait et on y voyait de moins
en moins ; le tonnerre se fit entendre tout à
coup au-dessus du Mont des Tempêtes. Cela
nous émut, naturellement, mais moins que s'il
avait fait complètement nuit. En tout cas nous
espérions de toutes nos forces que l'orage conti-
nuerait une fois la nuit venue, et nous aban-
donnâmes nos recherches pour nous diriger
vers le plus proche hameau habité : nous
demanderions à un groupe de montagnards de
nous accompagner. Malgré leur timidité, en
effet, quelques jeunes gens étaient assez rassurés
par notre autorité protectrice pour nous pro-
mettre leur concours.

Nous étions à peine partis que des torrents
de pluie se mirent à tomber avec une telle violence qu'il fallut bientôt chercher un abri. Le
ciel était si sombre qu'on se serait cru en pleine
nuit, mais, guidés par les éclairs et par notre

connaissance intime du terrain, nous ne tar-
dâmes pas à atteindre, en trébuchant, la cabane
la moins perméable du hameau : c'était un
assemblage hybride de planches et de rondins,
dont la porte et l'unique fenêtre minuscule donnaient sur Maple Hill. Nous réussîmes à barri-
cader la porte pour nous protéger du vent et de
la pluie, et à assujettir le grossier volet de bois
que nos fréquentes fouilles nous avaient appris
à trouver. C'était lugubre de rester dans cette
obscurité, assis sur des caisses ; heureusement
nous avions nos pipes et, de temps à autre, nous
éclairions la cabane avec nos lampes de poche.
Par moments, nous voyions les éclairs par des
fissures du mur. Le temps était si extraordinai-
rement sombre que chaque éclair était bien
visible.

Cette veillée dans l'orage me rappelait les
moments affreux que j'avais connus sur le Mont
des Tempêtes. Mon esprit se mit à retourner le
problème qui ne cessait de se présenter à lui
depuis cette nuit de cauchemar. Je me demandais, une fois de plus, pourquoi le démon, en
approchant des trois dormeurs, soit de l'intérieur soit de l'extérieur, d'abord s'était emparé
des hommes qui reposaient sur les côtés, laissant
celui du milieu jusqu'à la fin, au moment où la
boule de feu l'avait fait fuir. Pourquoi n'avait-il
pas saisi ses victimes dans la succession qui se
présentait, moi-même étant le second, quelle
que fût la direction d'où il venait ? Avec quelques

tentacules démesurés saisissait-il ses proies ? Ou
encore, savait-il que c'était moi le chef, me réser-
vant pour un destin pire que celui de mes
compagnons ?

Perdu dans mes réflexions, j'entendis brusquement, comme pour les intensifier, le bruit
terrible de la foudre qui tombait tout à côté,
immédiatement suivi de celui d'une avalanche.
En même temps, le vent s'éleva. On eût dit
d'abord des hurlements de loup, s'enflant peu
à peu pour se terminer en ululements. Nous
eûmes la certitude que l'arbre isolé de Maple
Hill avait été frappé de nouveau et Munroe se
dirigea vers la petite fenêtre pour s'assurer des
dégâts. Lorsqu'il ôta le volet, le vent et la pluie
s'engouffrèrent dans la cabane, avec un bruit
assourdissant, et je ne pus saisir ses paroles. Il se
pencha au-dehors, essayant de percer le mystère
de la nature en délire.

Peu à peu le vent s'apaisa et cette obscurité
exceptionnelle diminua : l'orage allait finir.
J'avais espéré qu'il durerait jusqu'à la nuit pour
favoriser nos recherches, mais un furtif rayon de
soleil apparut derrière moi, ôtant toute vrai-
semblance à cette idée.

Je dis à Munroe que nous ferions bien d'avoir
un peu de lumière, même si la pluie devait
reprendre, puis je déverrouillai la porte et l'ouvris. Dehors, le sol n'était plus qu'une masse
informe de boue, de flaques d'eau et de petits
monticules de terre provenant du dernier ébou-

lement. Je ne voyais rien, cependant, qui justi-
fiât l'intérêt de mon compagnon, toujours pen-
ché à la fenêtre et muet. Je traversai la pièce et
lui touchai l'épaule, mais il ne bougea pas ; je le
secouai en manière de plaisanterie et le fis tour-
ner : je sentis alors la terreur me mordre comme
un cancer venu du fond des âges et des abîmes
insondables de la nuit éternelle.

Car Arthur Munroe était mort. Et dans ce qui
restait de sa tête rongée et creusée, il n'y avait
plus de visage.

III

La vérité sur la lueur rouge

La nuit du 8 novembre 1921, au milieu des
hurlements de la tempête, j'étais seul et je creusais, comme un dément, dans la tombe de Jan
Martense. J'avais commencé à creuser dans
l'après-midi, parce qu'un orage se préparait ; et
maintenant qu'il faisait nuit, et que l'orage gron-
dait au-dessus des feuilles à l'épaisseur étrange,
j'étais heureux.

Je crois que j'avais eu l'esprit passablement
dérangé par ce qui était arrivé le 5 août : l'ombre
monstrueuse dans la maison, la fatigue, la
déception, et enfin, au mois d'octobre, ce que

j'avais vu au hameau pendant l'orage. Après ce dernier événement, j'avais creusé une fosse pour un homme dont je ne comprenais pas la mort ; je savais que les autres ne comprendraient pas non plus. Aussi leur laissai-je croire qu'Arthur Munroe avait tout simplement disparu. On chercha partout, mais en pure perte. Les montagnards, eux, auraient pu comprendre, mais je n'osai pas les effrayer encore. Je semblais moi-même étrangement insensible. Le choc que j'avais éprouvé dans la maison sur la colline avait ébranlé mon cerveau ; j'étais obsédé par la recherche de ce monstre qui avait pris dans mon esprit des proportions gigantesques, recherche que le tragique destin d'Arthur Munroe me fit jurer de garder secrète.

Le décor de l'endroit où je creusais aurait suffi à ébranler les nerfs d'un homme ordinaire. Des arbres sinistres, de taille anormale et d'aspect grotesque, me contemplaient d'en haut comme les colonnes de quelque temple infernal, assourdissant le bruit du tonnerre et celui du vent, laissant passer quelques rares gouttes de pluie. Là-bas, au-delà des troncs meurtris, illuminés par de faibles éclairs, se dressaient les pierres humides et couvertes de lierre de la maison abandonnée ; un peu plus près s'étendait le jardin hollandais, aux allées et aux massifs pollués par une végétation surabondante, blanche, fétide et corrompue, qui n'avait jamais reçu la pleine lumière du jour. Tout près se trouvait

le cimetière familial où des arbres difformes
étendaient leurs branches folles, pendant que
leurs racines, soulevant hideusement les dalles,
suçaient les sucs vénéneux du sous-sol. De temps
en temps, au-dessous du brun manteau de
feuilles qui pourrissaient et suppuraient dans
l'obscurité de cette forêt antédiluvienne, je pouvais déceler les contours sinistres de ces petits
monticules qui semblaient caractéristiques de
cette région meurtrie par la foudre.

C'est l'Histoire qui m'avait amené à cette
tombe ancienne.

L'Histoire, en fait, était tout ce qui restait,
maintenant que tout le reste avait sombré dans
un satanisme dérisoire. Je croyais alors que cette
peur qui rôdait n'était pas une chose matérielle,
mais un fantôme aux crocs de loup qui cheva-
chait les éclairs à minuit. Je croyais, en raison
des nombreuses traditions locales que j'avais
recueillies au cours de mes recherches en com-
pagnie d'Arthur Munroe, que ce fantôme était
celui de Jan Martense, mort en 1762. C'est
pourquoi, comme un dément, je creusais dans
sa tombe.

La maison des Martense fut bâtie, en 1670, par
Gerrit Martense, riche négociant de la Nouvelle-
Amsterdam, qui haïssait le changement apporté
par la souveraineté britannique. Il avait fait élever cette magnifique demeure dans une forêt
isolée dont la solitude vierge et le décor étrange
lui plaisaient. Sa seule déception était la fré-

quence des orages d'été. En choisissant cette
colline pour y bâtir sa demeure, Mynheer Martense avait attribué ces phénomènes à une particularité de cette année-là, mais avec le temps il
s'aperçut que l'endroit y était décidément sujet.
À la fin, les orages lui donnant mal à la tête, il
meubla une cave où il pût se retirer pour échapper à leur vacarme infernal.

On en sait moins encore sur les descendants
de Gerrit Martense que sur lui-même, puisque
tous furent élevés dans la haine de la civilisation
britannique et rompirent avec les colons qui
l'avaient acceptée. Ils menaient une vie extrê-
mement retirée, et les gens disaient que leur isolement leur avait fait l'esprit lourd et la parole
difficile. Physiquement, ils présentaient une certaine particularité héréditaire : ils avaient les
yeux vairons, l'un étant généralement bleu et
l'autre brun. Leurs contacts sociaux se firent de
plus en plus rares et, à la fin, ils prirent femmes
dans les familles des serviteurs du domaine. Une
grande partie de cette nombreuse famille dégé-
néra, s'en alla de l'autre côté de la vallée et se
mêla à la population bâtarde qui devait produire
cette race de pitoyables montagnards. Les autres
s'accrochèrent obstinément à la demeure de
leurs ancêtres, de plus en plus ancrés dans l'esprit de clan, de plus en plus taciturnes et de plus
en plus sensibles aux orages.

La plupart de ces renseignements parvinrent
au monde extérieur par l'entremise de Jan

Martense le jeune, personnage aventureux qui s'engagea dans l'armée des colons quand la nouvelle de la Convention d'Alba parvint au Mont des Tempêtes. Ce fut le premier des descendants de Gerrit Martense à voir le monde. Lorsqu'il revint, en 1760, après six ans de campagnes, son père, ses oncles et ses frères lui vouèrent la même haine qu'à un étranger, en dépit des yeux qu'il avait vairons comme tous les Martense. Il ne se sentait plus la force de partager les préjugés de sa famille ; les orages même de la montagne ne réussissaient plus à l'exciter comme autrefois. Au contraire, le pays le déprimait, et dans ses lettres à un ami d'Albany, il s'ouvrait fréquemment de son projet de quitter le toit paternel.

Au printemps de 1763, cet ami d'Albany, John Clifford, s'inquiéta du silence de son correspondant, surtout étant donné les circonstances et l'atmosphère querelleuse qui régnait chez les Martense.

Décidé à rendre lui-même visite à Jan, il s'en alla à cheval dans la montagne. D'après son journal intime, il arriva au Mont des Tempêtes le 20 septembre et trouva la maison dans un grand état de délabrement. Les Martense, êtres taciturnes, aux yeux étranges, le rebutèrent par leur allure animale et négligée et lui dirent, de leur voix rauque, que Jan était mort. Ils précisèrent qu'il avait été tué par la foudre, l'automne précédent, et qu'il était enterré dans le jardin mal entretenu situé en contrebas. Ils lui montrèrent la tombe, nue, sans fleurs ni inscription. Les Martense déplurent à Clifford et leur comportement éveilla ses soupçons : une semaine plus tard, il revint avec une bêche et une pioche pour fouiller le cimetière. Il découvrit ce à quoi il s'attendait : un crâne horriblement écrasé, comme s'il avait reçu un coup violent. Dès son retour à Albany, Jonathan Clifford accusa ouvertement les Martense de l'assassinat de leur parent.

On manquait de preuves légales, mais l'histoire se répandit rapidement dans la campagne, et depuis ce temps les Martense furent tenus à l'écart. Personne ne voulait avoir affaire à eux et leur lointaine demeure, considérée comme maudite, était fuie de tout le monde. Ils réussirent cependant à ne dépendre de personne et à vivre des produits de leur domaine ; parfois des lumières venues de la lointaine colline attestaient qu'ils étaient toujours là. On les vit jusque vers 1810, mais les derniers temps, elles se faisaient de plus en plus rares.

Pendant ce temps, il se formait à propos de la maison et de la montagne un ensemble de légendes diaboliques. On n'en évita que plus assidûment la maison, et la tradition s'accrut de tous les mythes imaginables. Personne n'alla au Mont des Tempêtes jusqu'en 1816, date à laquelle les montagnards finirent par remarquer qu'il n'y avait plus jamais de lumières. On y fit alors une expédition en groupe et l'on trouva la maison abandonnée et en ruine.

Comme on ne découvrit pas le moindre squelette, on en déduisit que les Martense étaient partis avant de mourir. Ce départ semblait déjà ancien et des hangars improvisés montraient que la famille avait dû être très nombreuse les derniers temps. Son niveau de vie était tombé très bas, comme le prouvaient le mobilier délabré et l'argenterie dépareillée, qui devaient être inutilisés déjà longtemps avant le départ des propriétaires. Malgré ce départ on continua à avoir peur de la maison hantée. Cette peur s'intensifia lorsque des histoires de plus en plus étranges naquirent parmi les montagnards dégénérés. Abandonnée, redoutée et associée à jamais au fantôme de Jan Martense, telle elle était encore, cette nuit où je creusais dans sa tombe.

J'ai dit que je creusais comme un dément, et c'est vrai. J'avais eu tôt fait de déterrer le cercueil de Jan Martense — il ne contenait plus que de la poussière et du salpêtre — mais, dans mon désir forcené d'exhumer son fantôme, je fouillais maladroitement et sans méthode au-dessous de l'endroit où il avait reposé. Dieu seul sait ce que je m'attendais à trouver. J'avais seulement l'impression que je creusais dans la tombe d'un homme dont le fantôme rôdait la nuit.

Je ne puis dire à quelle profondeur monstrueuse j'atteignis avec ma bêche ; bientôt mes pieds traversèrent le sol et je tombai dans un trou. Étant donné les circonstances, c'était un événement prodigieux : l'existence d'un souter-rain confirmait mes théories les plus folles. Ma lanterne s'était éteinte dans ma chute, mais je tirai ma lampe de poche et examinai le tunnel qui s'étendait à l'infini dans deux directions opposées. Il était largement assez vaste pour qu'un homme s'y glissât ; bien que nul être sain d'esprit ne s'y fût risqué en un pareil moment, j'oubliai le danger, la raison, et le souci de la propreté, dans mon idée fixe de faire sortir le démon de sa cachette. Je pris la direction de la maison et me glissai avec témérité dans l'étroit boyau ; j'avançais rapidement en rampant, tâton-nant comme un aveugle et ne me servant que rarement de ma lampe.

Quelle langue pourrait décrire ce spectacle ? Un homme, perdu dans les entrailles de la terre, avançait en se tordant, respirant avec peine, grattant le sol comme un fou, dans les détours ensevelis de cette obscurité sans âge. Le temps était aboli, je ne me souciais plus du danger, j'avais même oublié le dessein que je poursui-vais. Certes il y a là quelque chose d'ignoble, mais c'est pourtant ainsi que la chose se passa. À la fin, le souvenir même de la vie s'effaça et je ne fis plus qu'un avec les taupes et les larves des profondeurs. Ce ne fut vraiment que par acci-dent que j'appuyai sur le bouton de ma lampe électrique, de sorte qu'elle se mit à briller mystérieusement dans le boyau de terre desséchée qui continuait à se tordre et s'allonger devant moi.

J'avançais sans doute depuis un certain temps, et ma pile était presque à bout de course, lorsque, le couloir remontant brusquement, je dus changer ma manière d'avancer. Je levai les yeux, nullement préparé à voir briller au loin deux reflets démoniaques de ma lampe expirante, deux reflets d'une luminosité funeste sur laquelle le doute n'était pas permis, éveillant en moi des souvenirs vagues et affolants. Je m'arrêtai automatiquement, mais n'eus pas l'intelligence de retourner sur mes pas. Les yeux approchaient, et pourtant, de la créature à laquelle ils appartenaient, je ne distinguais qu'une griffe ; mais quelle griffe ! Puis, très loin au-dessus de ma tête, j'entendis un craquement que je reconnus : c'était le tonnerre de la montagne, saisi d'une fureur hystérique. Je remontais déjà depuis quelque temps, et la surface maintenant n'était plus très loin. Au bruit assourdi du tonnerre, ces yeux continuaient de me fixer avec une méchanceté froide.

Dieu merci, j'ignorais alors ce que c'était, sinon je serais mort. Mais je fus sauvé par le tonnerre qui avait appelé cette chose, car, après une attente atroce, éclata du ciel invisible un de ces coups de foudre dirigés contre la montagne et dont j'avais remarqué çà et là les répercussions, sous formes d'entailles dans la terre meurtrie, et de météorites de tailles diverses. Avec une rage cyclopéenne, la foudre déchira le sol au-dessus de ce puits damné, m'aveuglant et m'assourdissant, sans cependant me faire perdre complètement connaissance.

Dans le chaos de terre glissante et mouvante, je griffai et me débattis, jusqu'au moment où la pluie, tombant sur mon visage, me ranima ; je m'aperçus alors que j'étais revenu à la surface dans un endroit qui m'était familier, une pente abrupte et sans arbre de la montagne. D'autres éclairs illuminèrent le sol défoncé et les restes du bizarre petit tertre qui s'étendait depuis le sommet boisé, mais il n'y avait rien dans ce chaos qui me révélât l'endroit d'où j'étais sorti du souterrain mortel. Mon cerveau également était un chaos, mais en apercevant au loin une lueur rouge, je compris par quelle horreur je venais de passer.

Lorsque, deux jours plus tard, les montagnards me dirent ce que signifiait cette lueur rouge, je ressentis une horreur plus grande encore que celle qui déjà m'avait assailli dans le souterrain à la vue de la griffe et des yeux, car ce qu'elle impliquait était accablant. Dans un hameau éloigné de trente-cinq kilomètres, une orgie de terreur avait suivi le coup de foudre qui m'avait ramené à la surface, et une chose sans nom était tombée d'un arbre dans une cabane au toit branlant.

Elle avait eu le temps de frapper, mais les gens

du pays, fous de rage, avaient mis le feu à la cabane avant qu'elle eût pu s'échapper. Cela s'était passé au moment même où la terre s'était effondrée sur la créature à yeux et à griffes.

IV

L'horreur dans les yeux

Un homme qui, sachant ce que je savais sur le Mont des Tempêtes, chercherait à découvrir seul la peur qui y rôdait serait anormal. Que deux au moins des phénomènes qui donnaient corps à cette peur fussent détruits ne donnait qu'une mince garantie de sécurité physique et mentale dans cet Achéron diabolique et multiforme. Je n'en continuai pas moins mes recherches, mon zèle augmentant à mesure que les événements devenaient de plus en plus monstrueux.

Lorsque, deux jours après mon effroyable aventure dans cette crypte où j'avais vu les yeux et la griffe, j'appris qu'à trente-cinq kilomètres de là, un nouveau meurtre avait été commis au moment même où les yeux me regardaient, j'éprouvai les convulsions véritables de la terreur. Ce que j'éprouvais était un mélange de peur, de stupeur et de fascination, si intime qu'il en était presque agréable. Parfois, dans les affres du cauchemar, lorsque les puissances invisibles vous font tourbillonner au-dessus des toits d'étranges cités mortes vers l'abîme grimaçant de Nis, c'est un soulagement et presque un plaisir de hurler sauvagement et de se jeter volontairement dans le noyau hideux des rêves et de sombrer dans les gouffres sans fond. Il en était de même pour ce cauchemar vivant du Mont des Tempêtes. Découvrir qu'il y avait en réalité deux monstres m'avait donné un désir fou de plonger dans le sol même de ce pays maudit et, de mes mains nues, de faire sortir de la terre empoisonnée la mort qui en couvrait chaque centimètre.

Dès que je le pus, j'allai voir la tombe de Jan Martense et creusai vainement au même endroit. Un grand éboulement avait effacé toute trace du passage souterrain, et la pluie avait tellement repoussé la terre dans l'excavation que je ne savais plus jusqu'à quelle profondeur j'avais creusé. Je me rendis également au hameau où la créature de mort avait été brûlée ; je ne fus guère payé de mes peines. Dans les cendres de la cabane tragique, je trouvai plusieurs ossements, mais aucun apparemment ne se rapportait au monstre. Les montagnards prétendaient qu'il n'y avait eu qu'une seule victime, mais à mon avis ils se trompaient, puisque à côté d'un crâne d'homme entier se trouvait un autre fragment d'os qui, sans nul doute, avait également fait partie d'un crâne humain. Bien qu'on eût vu tomber le monstre, nul ne pouvait dire à quoi il ressemblait; ceux qui l'avaient vu disaient simplement que c'était un démon. Examinant l'arbre où il s'était tapi, je ne vis aucune marque particulière. J'essayai de retrouver des traces dans la forêt obscure, mais cette fois je ne pus supporter la vue de ces fûts à l'air malsain, de ces racines semblables à des serpents qui se tordaient méchamment avant de s'enfoncer dans le sol.

Puis je me mis en devoir d'examiner, une fois de plus, le hameau abandonné où la mort avait sévi davantage et où Arthur Munroe avait vu quelque chose que la mort l'avait empêché de décrire. Bien que mes recherches précédentes eussent été vaines en dépit de leur minutie, j'avais maintenant de nouveaux éléments d'information à éprouver. Mon horrible circuit dans la tombe m'avait convaincu que l'une au moins de ces créatures était souterraine. Cette fois, le 14 novembre, mes recherches concernèrent spécialement les flancs de Cone Mountain et de Maple Hill qui donnaient sur le malheureux hameau, et j'apportai une attention particulière à la terre meuble de la région où s'était produit l'éboulement sur Maple Hill.

L'après-midi ne m'apporta rien de nouveau et le crépuscule survint au moment où, de Maple Hill, je contemplais le hameau et le Mont des Tempêtes, de l'autre côté de la vallée. Le coucher de soleil avait été magnifique et la lune montait, presque entière, déversant sa lumière argentée sur la plaine, la montagne et les monticules qui s'élevaient çà et là. C'était un décor paisible et idyllique mais, sachant ce qu'il cachait, je me prenais à le haïr. Oui, je haïssais la lune moqueuse, la plaine hypocrite, la montagne pourrie et ces monticules empreints d'une alliance malfaisante avec des puissances cachées et tourmentées.

Là, comme je regardais vaguement le paysage au clair de lune, mon regard fut attiré par quelque chose de singulier dans la nature et la disposition de certains éléments topographiques. Sans avoir de notions bien précises de géologie, dès le début j'avais été intrigué par les monticules et les tertres qui couvraient la région. J'avais déjà remarqué qu'ils étaient nombreux autour du Mont des Tempêtes, et moins fréquents dans la plaine que sur la montagne elle-même. L'existence d'un glacier préhistorique expliquait sans doute cette moindre résistance aux caprices et à la fantaisie du sol. Maintenant, devant les ombres sinistres qui s'allongeaient au clair de lune, je me rendais compte clairement que les points et les lignes du réseau de monticules étaient également en rapport avec le sommet du Mont des Tempêtes. Le sommet était sans doute un centre d'où rayonnaient indéfiniment et irrégulièrement les lignes et les rangées de monticules, comme si la

demeure des Martense eût étendu des tentacules de terreur visibles. Cette idée de tentacules
me fit passer sur l'échine un frisson incompré-
hensible, et je cessai d'analyser les raisons qui
m'avaient incité à les prendre pour des phénomènes glaciaires.

Plus je réfléchissais, plus cette interprétation
me semblait fausse, et brusquement de nouvelles idées se firent jour en moi : j'apercevais
d'horribles et grotesques analogies entre l'aspect du sol et ce que j'avais vu lors de mon aventure souterraine. Sans m'en rendre compte, je
me mis à répéter des mots sans suite : « Mon
Dieu... les taupinières... Il faut fouiller tout cet
infernal endroit... Combien... Cette nuit-là, à la
maison abandonnée... elles ont saisi Bennett et
Tobey d'abord... de chaque côté de moi... » Puis,
frémissant, je me mis à creuser dans le monti-
cule le plus proche de moi, à creuser avec déses-
poir et jubilation à la fois, à creuser comme un
fou, lorsque enfin je criai de saisissement quand
je découvris un tunnel ou un boyau, exactement
semblable à celui où j'avais rampé pendant cette
nuit démoniaque.

Je me rappelle ensuite m'être mis à courir,
bêche en main ; c'était affreux, cette course au
clair de lune. Je traversai à toute allure des prés
couverts de monticules, franchis d'un bond les
crevasses malsaines et sans fond de la montagne
hantée, et criant, haletant, je bondis à la maison
maudite ; là, je me mis à creuser comme un fou

dans toutes les parties de la cave étouffée par la bruyère, pour trouver le centre et le cœur de cet exécrable univers de monticules. Je me rappelle avoir éclaté de rire en rencontrant l'entrée du tunnel : un trou situé à la base de la cheminée ancienne. Il y poussait des herbes épaisses dont l'ombre prenait un aspect terrifiant à la lumière de l'unique bougie que, par hasard, j'avais sur moi. Quelle créature était tapie au fond de cette fourmilière d'enfer, attendant le tonnerre pour sortir, je l'ignorais. Deux hommes étaient morts, peut-être avait-ce été aussi sa fin. Mais il me restait ce désir brûlant d'atteindre le secret le plus intime de ce démon que je continuais à considérer comme une créature bien définie, matérielle et organique.

J'hésitai quelques minutes : allais-je me mettre immédiatement à explorer le souterrain, seul, à la lueur de ma lampe de poche, ou devais-je d'abord rassembler un groupe de montagnards pour me prêter main-forte ? Mes réflexions furent interrompues par un brusque coup de vent venu de l'extérieur qui, en éteignant ma bougie, me laissa dans l'obscurité la plus complète. La lumière de la lune ne traversait plus les crevasses et les ouvertures situées au-dessus de moi ; saisi d'une douloureuse appréhension, j'entendis le roulement sinistre et éloquent du tonnerre. Une multitude d'idées confuses s'empara de moi, et je me dirigeai à tâtons vers le coin le plus reculé de la cave. Mon regard, cependant, ne pouvait se détourner de l'horrible ouverture située à la base de la cheminée. Par moments, lorsque la faible lumière des éclairs, traversant les herbes au-dehors, illuminait les fentes du mur, j'apercevais les briques croulantes et les mauvaises herbes qui y croissaient. J'étais consumé d'un mélange de crainte et de curiosité qui allait croissant. Qu'est-ce que la tempête allait faire surgir ? À la lumière d'un éclair plus violent, j'allai m'installer derrière une touffe épaisse, au travers de laquelle je pouvais voir sans être vu.

Si le ciel est miséricordieux, un jour il effacera de ma mémoire le souvenir de ce que je vis ; il me laissera atteindre en paix ma dernière heure ; le sommeil me fuit et, quand il tonne, les narcotiques sont mon seul recours. « La chose » surgit brusquement. Rien ne l'annonçait. J'entendis d'abord, venant de profondeurs inconcevables, un bruit de galopade, un halètement infernal, un grondement sourd, et enfin je vis sortir, par l'ouverture située à la base de la cheminée, un jaillissement de vie multiple et repoussante, un flot abominable et ténébreux de corruption organique, mille fois plus hideux que les conjurations les plus noires de la folie et de la morbidité. Grouillante, bouillonnante, houleuse, écumante comme de la bave de serpent, s'étendant comme une maladie infectieuse, cette horreur sans nom sortait de ce trou béant, et débordait de la cave par toutes les

issues possibles pour se répandre dans les mau-
dites forêts nocturnes et semer la terreur, la
maladie et la mort.

« La chose » n'était pas une : elle se composait
d'une infinité de créatures. Dieu sait combien il
y en avait, des milliers sans doute, et voir leur
flot à la lueur intermittente des éclairs était
affreux. Lorsqu'elles se furent suffisamment
essaimées pour être aperçues comme des orga-
nismes distincts, je vis qu'il s'agissait de singes
nains et velus, ou de démons, caricatures monstrueuses d'une tribu animale. Leur silence était
abominable. C'est à peine si j'entendis un cri
lorsque l'une des créatures, avec l'habileté que
donne une longue habitude, s'empara d'un de
ses compagnons plus faibles pour s'en repaître.
D'autres attrapèrent ce qui restait pour le man-
ger goulûment. Alors, en dépit du vertige que
me causaient la peur et le dégoût, la curiosité
fut la plus forte : pendant que le dernier des
monstres s'écoulait et quittait ce lieu infernal
d'un cauchemar inconnu, je sortis mon auto-
matique et tirai. Le coup de feu fut couvert par
l'éclat du tonnerre.

Des ombres torrentielles, rouges et visqueuses,
se poursuivaient, haletant et glissant, dans les
corridors infinis du ciel violet et zébré d'éclairs...
fantasmes sans forme, dessins d'un kaléidoscope
vampirique... forêt de chênes monstrueusement
nourris dont les racines en forme de serpent se
tordaient, aspiraient d'innommables sucs dans

la terre grouillante de démons cannibales... tentacules en forme de tertres, nés d'un noyau souterrain de pourriture perverse... éclairs de folie
sur des murs couverts de lierre malsain... gale-
ries démoniaques étouffées par une végétation
putride...

Au bout d'une semaine, je me trouvai suffisamment remis pour faire venir d'Albany une
équipe d'ouvriers qui fit sauter à la dynamite la
maison des Martense et tout le sommet du Mont
des Tempêtes. Ils écrasèrent tous les monticules
visibles, détruisirent certains arbres trop floris-
sants dont l'existence même était une insulte à
l'équilibre de l'esprit. Tout ce lieu maudit disparut dans l'oubli. Après cela, je retrouvai un
peu de sommeil. Mais je ne goûterai jamais un
vrai repos tant que je me rappellerai cet indicible secret de la peur qui rôde. Il continuera à
me hanter; qui sait en effet si des phénomènes
analogues ne se produisent pas dans le monde
entier? Qui, sachant ce que je sais, peut penser
calmement aux cavernes inexplorées et à ce qui
peut en sortir? Je ne puis plus voir une entrée
de métro ou un puits sans frémir... Pourquoi les
médecins ne me donnent-ils pas quelque chose
pour dormir, ou pour me calmer tout à fait
quand il tonne?

Ce que je vis cette nuit-là, à la lueur des éclairs,
après avoir tiré sur cette chose rampante et sans
nom, était si simple, qu'une minute presque

s'écoula avant que j'eusse pu comprendre. C'est alors que je me mis à délirer.

« La chose » donnait la nausée, répugnant gorille blanchâtre aux crocs jaunes et pointus et à l'épaisse fourrure : c'était le stade final de la dégénérescence d'un mammifère, l'effroyable résultat d'alliances consanguines et de cette nutrition cannibale, aérienne et souterraine, le cœur de tout ce chaos, de ce grondement, de cette peur grinçante qui rôdent à l'arrière-plan de la vie. L'être, en expirant, m'avait regardé. Ses yeux avaient la même bizarrerie que ceux que j'avais aperçus dans le souterrain et qui avaient remué en moi de vagues souvenirs. L'un de ses yeux était bleu, l'autre marron. C'étaient les yeux vairons de la maison Martense dont parlait la légende, et je compris, muet d'une horreur bouleversante, ce qui était advenu de cette famille disparue, de cette famille terrible et sensible au tonnerre, de la sinistre famille Martense.

LA MAISON MAUDITE

I

L'ironie participe, souvent même, aux pires horreurs. Elle entre parfois directement dans la texture des événements ; d'autres fois elle n'intervient que dans leurs rapports fortuits avec les êtres et les lieux. Je n'en voudrais pour preuve que ce qui est arrivé dans la vieille ville de Providence où, vers 1840, Edgar Allan Poe avait coutume de venir lorsqu'il faisait une cour désespérée à cette excellente poétesse, Mme Whitman. Poe descendait généralement au Manoir — dans la rue des Bienfaits — (devenue la célèbre auberge de la Boule d'or qui a abrité Washington, Jefferson et Lafayette) et sa promenade favorite le menait vers le Nord chez Mme Whitman et, de là, au cimetière voisin de Saint-Jean dont l'amoncellement de pierres tombales datant du XVIIIe siècle le fascinait.

Or, et c'est l'ironie de la chose, au cours de

ces promenades si fréquentes, le grand maître
mondial de l'horreur et de l'insolite devait passer devant une maison située du côté est de la
rue, vieille bâtisse crasseuse, perchée sur le
contrefort d'une colline abrupte, flanquée d'un
grand jardin en friche remontant à l'époque où
cette région n'était guère civilisée. Il ne semble
pas qu'il ait jamais écrit sur cet endroit ni
qu'il en ait parlé. Il ne semble pas non plus qu'il
l'ait jamais remarqué. Et pourtant cette maison,
pour les deux personnes qui possédaient
quelques informations à son sujet, égale ou
dépasse en horreur les inventions les plus éton-
nantes du génie qui passait si souvent devant elle
sans la noter et se dresse comme un symbole de
tout ce qui est indiciblement hideux.

Cette maison était (et demeure) le genre de
construction qui capte l'attention des curieux.
Ferme ou à moitié ferme à l'origine, elle res-
semble aux maisons coloniales de la Nouvelle-
Angleterre au milieu du XVIIIe siècle (demeure
cossue, toit en pente, deux étages dominés par
un grenier sans lucarnes, porche géorgien, lam-
brissée à l'intérieur selon le goût du temps).
Exposée au sud, décorée d'un pignon, ancrée
jusqu'aux fenêtres du rez-de-chaussée dans
l'épaule de la colline qui se dresse à l'est, elle
révèle, du côté de la rue, l'intimité de ses fondations. Ce type de construction, il y a plus d'un
siècle et demi, épousait la courbe de la route.
Car la rue des Bienfaits (tout d'abord baptisée

rue de Derrière) serpentait entre les tombes des premiers pionniers et fut rectifiée après qu'on eut transféré les corps au cimetière du Nord. On put alors couper, sans offenser personne, à travers les enclos, jadis propriétés des vieilles familles.

Au début, le mur occidental se trouvait à quelque six mètres au-dessus d'une pelouse qui descendait jusqu'à la route. Mais l'élargissement de la rue, à l'époque de la Révolution, réduisit cet espace et révéla les fondations, de sorte qu'il fallut construire un soubassement en brique qui, murant la cave du côté de la rue, fut percé d'une porte et de deux fenêtres au niveau du trottoir. Lorsque, il y a un siècle, celui-ci fut établi, la pelouse disparut complètement. Edgar Allan Poe, dans ses promenades, ne devait apercevoir qu'une simple surface de brique grisâtre dominée, à environ trois mètres, par la masse vieillotte de la maison à bardeaux.

La propriété elle-même escaladait la colline et s'étendait jusqu'à la rue Wheaton. L'espace situé au sud de cette maison qui donnait sur la rue des Bienfaits dominait bien entendu le trottoir et formait une terrasse bordée d'un grand mur de pierre humide et moussu, troué d'un perron étroit qui menait à l'intérieur par une sorte de canyon. On apercevait alors un gazon pelé, des murs de brique visqueux, des jardins à l'abandon où traînaient des urnes en ciment ébréchées, des bouilloires rouillées tombées de trépieds en bambou. Des accessoires du même genre décoraient la porte d'entrée vermoulue, surmontée d'une imposte brisée, flanquée de pilastres ioniques pourris et d'un fronton triangulaire branlant.

Tout ce que je sus, dans mon enfance, de la maison maudite, c'est qu'on y mourait comme des mouches. C'est pourquoi, me dit-on, les premiers propriétaires avaient déménagé, une vingtaine d'années après l'avoir construite. Cette maison était manifestement malsaine, sans doute à cause de l'humidité et des champignons qui poussaient dans la cave, de l'odeur fétide qui s'en dégageait, des courants d'air dans les couloirs ou des miasmes dans l'eau du puits. Tout cela n'était guère encourageant et faisait l'objet de commentaires appropriés de la part des personnes que je connaissais. Mais ce sont les notes prises par mon vieil oncle, le Dr Elihu Whipple, qui me révélèrent en détail les présomptions vagues qui s'étaient formées chez les domestiques et les petites gens de l'époque, présomptions qui ne transpirèrent guère et se trouvaient bien oubliées quand Providence devint une véritable capitale vers laquelle affluaient les immigrants.

Il est de fait que cette maison ne fut jamais considérée, par la grande majorité des habitants, comme vraiment « hantée ». On ne parlait pas de bruits de chaînes, de courants d'air glacés, de lumières qui s'éteignent ou de visages qui apparaissent aux vitres. Les plus audacieux se risquaient parfois à dire que cette maison «n'avait pas de chance», mais ils n'en disaient guère plus. Ce qu'on ne pouvait contester, c'est qu'un nombre imposant de personnes y mouraient ou plus précisément y *étaient mortes*, puisqu'au terme d'un certain nombre d'aventures étranges qui s'y étaient déroulées soixante années plus tôt cette maison était abandonnée, faute de locataires. Ses habitants n'y étaient pas morts de mort violente. Il semblait plutôt qu'ils y avaient perdu peu à peu leur vitalité, de sorte que chacun d'entre eux avait succombé, plus tôt qu'il n'aurait dû, à certaines faiblesses de son tempérament. Mais ceux qui n'étaient pas morts avaient éprouvé, à des degrés variables, une sorte d'anémie ou de consomption, parfois un déclin de leurs facultés mentales qui prouvait bien l'insalubrité de l'édifice. Les maisons voisines, il convient de le souligner, ne semblaient pas le moins du monde affectées des mêmes désordres.

C'est du moins ce que j'avais appris avant que mon enquête obstinée amenât mon oncle à me communiquer les notes qui nous décidèrent à entreprendre nos hideuses recherches. Dans mon enfance, la maison maudite était vide, cernée de vieux arbres stériles et noueux, d'une pelouse envahie de hautes herbes aux formes fantastiques et d'une végétation au dessin cauchemardesque qui emplissait la terrasse où les

oiseaux ne s'attardaient guère. Avec mes cama-
rades, nous passions en hâte devant cette maison
et je me rappelle encore nos terreurs enfantines,
non seulement devant l'étrangeté morbide de
cette végétation sinistre, mais également devant
l'atmosphère et l'odeur épouvantables de cette
maison ruinée dont nous forcions souvent la
porte d'entrée pour éprouver des frissons. Les
petites vitres étaient pour la plupart brisées et
une atmosphère indicible de désolation suintait
des lambris écaillés, des volets branlants, du
papier qui pendait des murs, du plâtre qui tombait par plaques, de l'escalier gémissant et des
bribes de mobilier qui s'y trouvaient encore. La
poussière et les toiles d'araignée ne faisaient
qu'ajouter à l'aspect effrayant de l'ensemble et il
fallait être bien courageux pour entreprendre
l'ascension de l'échelle qui menait au grenier,
un long grenier étayé de poutres, éclairé par des
œils-de-bœuf situés à l'extrémité des pignons,
envahi d'épaves, armoires, fauteuils, rouets sur
lesquels s'était déposée la poussière des ans en
un linceul festonné qui leur donnait des formes
monstrueuses et diaboliques.

Mais, réflexion faite, le grenier n'était pas la
partie la plus horrible de l'édifice. C'était la cave
humide et suintante qui suscitait en nous la
répulsion la plus forte, bien qu'elle fût située au-
dessus du niveau de la rue et qu'un mur de
brique percé de fenêtres et d'une porte la sépa-
rât du trottoir où passaient les voisins. Nous

étions toujours pris entre le désir d'y venir pour
éprouver une fascination spectrale et celui de
l'éviter, de peur de compromettre notre santé
morale. L'odeur qui imprégnait l'ensemble de
la maison y était plus forte qu'ailleurs. D'autre
part, nous abhorrions les champignons blancs
qui, par les étés pluvieux, poussaient subitement
sur le sol moisi. Ces champignons, aussi grotesques que la végétation de la cour, avaient
des formes vraiment horribles. C'étaient de
repoussantes parodies d'agarics et de « pipes
indiennes » dont nous n'avions jamais vu les
modèles. Ils pourrissaient très vite et, avant de
disparaître, émettaient une légère phosphorescence. C'est pourquoi les gens qui d'aventure
passaient par là la nuit croyaient apercevoir des
feux follets derrière les vitres brisées de ces
fenêtres diaboliques.

Même dans les circonstances les plus roma-
nesques, nous ne visitions jamais cette cave la
nuit, mais au cours de certaines de nos visites
diurnes nous pouvions remarquer le phénomène de phosphorescence, surtout par les jours
sombres et humides. Nous avions également le
sentiment de percevoir un élément plus subtil,
un élément fort étrange qui ne pouvait être tout
au plus qu'une suggestion. Je veux parler d'une
sorte de dessin nébuleux et blanchâtre sur le sol
battu, un vague dépôt mobile de terreau ou de
salpêtre que nous croyions parfois pouvoir
détecter au milieu des moisissures, à proximité

de l'énorme cheminée de la cuisine souterraine. De temps à autre, nous avions le sentiment que ces dessins ressemblaient étrangement à une forme humaine recroquevillée en chien de fusil, bien que généralement cette ressemblance fût factice ; très souvent ce dépôt blanchâtre n'était guère apparent. Un après-midi pluvieux où cette illusion était particulièrement forte et où, de plus, j'avais cru percevoir une sorte d'exhalaison jaunâtre et tremblante s'élever du dessin azoté vers la cheminée béante, je m'ouvris de mes soupçons à mon oncle. Il sourit de ma remarque, mais son sourire me sembla empreint d'une certaine compréhension. J'appris plus tard qu'une idée du même genre circulait dans les récits que se faisaient les petites gens d'autrefois, idée qu'évoquaient également les formes lupesques et fantomatiques de la fumée dans la grande cheminée, les formes étranges des racines noueuses qui crevaient les murs ébranlés des fondations et poussaient leurs ramifications jusque dans la cave.

II

Quand je devins homme, mon oncle me communiqua les notes et les faits qu'il avait réunis au sujet de la maison maudite. Le Dr Whipple

était un médecin traditionnaliste et fort équili-
bré de la vieille école et, malgré tout l'intérêt
qu'il manifestait pour cette maison, il n'avait
guère envie d'orienter les préoccupations d'un
jeune homme vers l'anormal. Il estimait que,
compte tenu de la nature du bâtiment et de ses
propriétés manifestement insalubres, il n'y avait
rien d'anormal. Mais il avait compris que le pittoresque même qui éveillait son propre intérêt
risquait, dans l'imagination d'un enfant, de
créer toute une suite de fantasmes dangereux.

Ce médecin célibataire était un vieil homme à
cheveux blancs, toujours rasé de près; historien
remarquable, il s'était souvent lancé dans des
controverses avec des tenants de la tradition
comme Sidney S. Rider et Thomas W. Bicknell.
Il n'avait qu'un domestique et vivait dans une
maison géorgienne dont la porte d'entrée était
décorée d'un heurtoir et dont le perron était
muni d'une rampe en fer. Cette demeure était
accrochée au flanc abrupt de la Rue du Palais-
de-Justice, à proximité de l'ancien tribunal et
d'une maison coloniale où son grand-père (cousin du fameux corsaire, le capitaine Whipple,
qui avait incendié, en 1722, le *Gaspée*, goélette
armée de Sa Majesté) avait voté, le 4 mai 1776,
en faveur de l'indépendance de la colonie de
Rhode Island. Autour de lui, dans la bibliothèque humide au plafond bas, aux lambris
blancs et moisis, à la cheminée sculptée, aux
fenêtres couvertes de vigne vierge, subsistaient

les vestiges et les chroniques de cette vieille
famille où l'on retrouvait de nombreuses allu-
sions à la maison maudite de la Rue des Bienfaits. Cet endroit maudit ne se trouve pas très
loin, car la rue court derrière le tribunal, au
sommet de la colline escarpée où s'étaient ins-
tallés les premiers colons.

Lorsque, à force d'insister, ma curiosité
d'adulte extorqua à mon oncle les histoires
dont je cherchais à percer le mystère, il étala
devant moi une étrange chronique. Cette longue histoire, statistique et rébarbative dans sa
généalogie, contenait cependant toute une suite
d'horreurs tenaces et de malveillances surnatu-
relles qui m'impressionnèrent encore plus
qu'elles n'avaient impressionné le bon médecin.
Des événements isolés se recoupaient d'une
manière étrange et des détails apparemment
sans liaison contenaient des myriades de possi-
bilités hideuses. Une nouvelle et irrésistible
curiosité s'empara de moi et je compris qu'au-
près d'elle, ma quête enfantine avait été bien
faible et désordonnée. La première révélation
me lança dans une recherche exhaustive et éperdue qui se révéla désastreuse pour moi-même et
pour les miens, car mon oncle insista pour m'accompagner dans l'enquête que j'avais entreprise, et au terme d'une nuit dans cette maison,
il n'en revint pas. Je me sens bien seul sans cet
homme merveilleux dont toute la vie ne fut
qu'un tissu de vertus honorables, de bon goût,

de gentillesse et d'érudition. J'ai fait élever une urne de marbre à sa mémoire dans le cimetière de Saint-John que Poe aimait tant : petit bois et grands saules sur la colline où les pierres tombales se pressent entre la masse vétuste de l'église, les maisons et les murs de la rue des Bienfaits.

L'histoire de la maison, noyée dans une marée de dates, ne contenait rien de macabre, qu'il s'agît de sa construction ou de la famille honorable et cossue qui l'avait érigée. Cependant, dès le début, une sorte de calamité, dont les événements ne devaient que trop bien confirmer la nature, s'était manifestée. L'histoire, soigneusement rapportée par mon oncle, commence avec la construction des fondations en 1763 et le récit en suit les différentes phases en détail. La maison maudite, semble-t-il, fut d'abord habitée par William Harris et sa femme Rhoby Dexter et leurs enfants Elkanah, né en 1755, Abigail, née en 1757, William Junior, né en 1759 et Ruth, née en 1761. Harris était un grand marchand et armateur qui faisait commerce avec les Indes occidentales et travaillait avec la maison Obadiah Brown et neveux. Après la mort de Brown en 1761, la nouvelle entreprise de Nicholas Brown et Cie fit de lui le propriétaire du brick *Prudence*, construit dans les arsenaux de Providence, navire de 120 tonneaux qui lui permit de posséder la maison qu'il désirait depuis le début de son mariage.

Le site qu'il avait choisi dans le nouveau quartier à la mode de la rue de Derrière, au flanc de la colline qui dominait le quartier populeux de Cheapside, répondait à ses désirs et la maison elle-même était digne du quartier. C'était le maximum de ce que pouvait se permettre une fortune moyenne. Harris n'avait pas tardé à y emménager avant la naissance de son cinquième enfant. Ce garçon naquit en décembre, mais il était mort-né. Aucun autre enfant ne devait naître dans cette maison pendant un siècle et demi.

Au mois d'avril suivant, tous les enfants tombèrent malades et Abigail et Ruth moururent avant le mois de mai. Le docteur Hob Hives diagnostiqua une sorte de fièvre enfantine, mais d'autres virent dans ces deux décès une sorte de consomption irrémédiable. Cette maladie en tout cas devait être contagieuse, car Hannah Bowen, l'une des deux domestiques, en mourut au mois de juin. Eli Lideason, l'autre servante, se plaignait constamment d'une sorte de faiblesse. Elle serait bien revenue à la ferme de son père, à Rehoboth, si elle ne s'était prise d'affection pour Mehitabel Pierce, qui avait été engagé après la mort d'Hannah. Lui-même mourut l'année suivante ; ce fut une bien triste année, puisqu'elle entraîna également la mort de William Harris, affaibli par le climat de la Martinique où son commerce l'avait retenu de longs mois au cours de la précédente décennie.

Sa veuve, Rhoby Harris, ne résista pas à cette catastrophe et le décès de son aînée Elkanah, deux ans plus tard, compromit définitivement son équilibre mental. En 1768, elle contracta une espèce de folie légère et vécut désormais cantonnée à l'étage. Sa sœur aînée, Mercy Dexter, qui n'était pas mariée, vint s'occuper d'elle. Mercy était une femme osseuse et assez laide, d'une forte constitution, mais sa santé déclina dès son arrivée. Elle était fort dévouée à sa malheureuse sœur et avait une affection particulière pour le seul neveu qui lui restait, William, qui, jadis robuste bébé, était devenu un jeune homme maladif et chétif. Cette année-là la servante Mehitabel mourut et l'autre domestique, Preserved Smith, quitta la maison sans donner d'explication logique ou du moins en racontant des histoires à dormir debout et en se plaignant de la puanteur de l'endroit. Pendant quelque temps, Mercy ne put s'assurer le concours d'aucun domestique, car sept morts et un cas de folie, le tout en l'espace de cinq ans, avaient donné naissance à des bruits et des bavardages qui devaient ensuite prendre corps. Elle finit cependant par s'attacher une servante venue d'ailleurs, Anne White, femme maussade qui avait vécu dans ce qui était alors Kingstown et qui est devenu la ville d'Exeter, et un brave homme de Boston qui s'appelait Zenas Low.

C'est Anne White qui, la première, répandit des bruits sinistres sur la maison. Mercy aurait

mieux fait de ne pas engager une personne du
pays de Nooseneck, car ce village perdu dans les
bois était alors, comme aujourd'hui, la proie des
superstitions les plus folles. En 1892, les gens
d'Exeter exhumèrent un cadavre et brûlèrent
cérémonieusement son cœur en vue d'éviter
certaines prétendues visites dangereuses à l'hy-
giène et à la paix publique ; on imaginera sans
peine quelles pouvaient être les idées qui avaient
cours dans ce village en 1768. Anne avait la
langue bien pendue et, au bout de quelques
mois, Mercy la renvoya et la remplaça par une
femme gentille et fidèle, de Newport, Maria
Robbins.

Cependant, la pauvre Rhoby Harris demeu-
rait, dans sa folie, la proie des rêves et des
fantasmes les plus hideux. Parfois, ses cris devenaient intolérables et des heures durant, elle
poussait des hurlements horribles qui obli-
geaient son fils à aller vivre chez son cousin,
Peleg Harris, dans le Sentier du Presbytère, près
des nouveaux bâtiments du Collège. Le garçon
semblait se bien trouver de ce séjour et si Mercy
avait été aussi pratique que bien intentionnée,
elle l'aurait définitivement confié à son cousin.
La tradition hésite à répéter ce que Mme Harris
hurlait dans ses rages. Ou plutôt elle nous rap-
porte des récits tellement extravagants que leur
absurdité même les rend irrecevables. Il semble
absurde, en effet, qu'une femme qui n'avait que
des rudiments de français ait pu hurler pendant

des heures des mots dans cette langue ou que
cette même personne, isolée mais surveillée, se
plaignît d'être mordue et dévorée par une chose
qui la regardait fixement. En 1772, le domestique Zenas mourut et lorsque Mme Harris fut
informée de ce décès, elle lança un éclat de rire
comme on ne lui en avait jamais entendu. L'année suivante, elle mourut et fut enterrée au
cimetière du Nord, à côté de son mari.

Lorsque la guerre avec la Grande-Bretagne
éclata en 1775, William Harris, malgré ses seize
ans et sa faible constitution, réussit à s'engager
dans l'Armée d'Observation sous les ordres du
général Greene. À partir de ce moment-là, la
santé lui revint et la gloire lui sourit. En 1780,
capitaine des Forces du Rhode Island à New Jer-
sey sous les ordres du colonel Angell, il rencon-
tra et épousa Phebe Hetfield, d'Elisabethtown,
qu'il ramena à Providence lorsqu'il fut démobi-
lisé, l'année suivante.

Le retour du jeune capitaine ne fut pas sans
tristesse. La maison, il est vrai, était toujours bien
tenue ; on avait élargi la rue qui ne s'appelait
plus rue de Derrière mais rue des Bienfaits.
Cependant, Mercy Dexter, jadis d'une constitution à toute épreuve, était victime d'une étrange
dépression ; maintenant toute courbée, elle faisait pitié ; sa voix était devenue caverneuse, sa
pâleur effrayante et la seule servante qui lui restait était affectée des mêmes symptômes. À l'automne de 1782, Phebe Harris donna naissance

à une fille mort-née et, le 15 mai suivant, Mercy Dexter quitta ce monde après une vie bien remplie, austère et vertueuse.

William Harris, finalement convaincu de la nature radicalement malsaine de sa demeure, se décida à l'abandonner et à y renoncer à jamais. Ayant trouvé une habitation temporaire où abriter sa famille, à la nouvelle auberge de la Boule d'or, il entreprit de faire construire une maison plus belle, rue Westminster, dans ce quartier de la ville qui se trouve de l'autre côté du Grand Pont. C'est là que son fils Dutee naquit en 1785. La famille y demeura jusqu'au moment où des nécessités professionnelles les ramenèrent de ce côté-ci du fleuve et de la colline, rue Angell, dans un nouveau quartier à l'Est, où feu Archer Harris bâtit une somptueuse demeure, au toit malheureusement hideux, en 1876. William et Phebe succombèrent tous deux à l'épidémie de fièvre jaune de 1797, mais Dutee fut élevé par son cousin Rathbone Harris, le fils de Peleg.

Rathbone, qui avait l'esprit pratique, loua la maison de la rue des Bienfaits, malgré le désir qu'avait William de l'abandonner. Considérant qu'il était de son devoir envers son pupille de faire fructifier tous les biens de l'enfant, il ne tint guère compte des morts et des maladies qui s'étaient abattues sur ses habitants, ni de l'aversion croissante dont cette maison faisait l'objet. On peut croire qu'il fut un peu mortifié lorsqu'en 1804 la municipalité lui ordonna de brûler du soufre, du goudron et du camphre dans cette demeure, en raison de la mort douteuse de quatre personnes qui avaient, pensait-on, succombé à l'épidémie de fièvre jaune. On prétendait que la maison avait une odeur de miasmes.

Dutee lui-même ne fut guère attaché à cette maison, car il devint corsaire et se distingua sur le *Vigilant*, sous les ordres du capitaine Cahoone, dans la guerre de 1812. Il revint sain et sauf, se maria en 1814 et devint père dans cette nuit mémorable du 23 septembre 1815 où un cyclone inonda la moitié de la ville et fit s'échouer, dans la rue Westminster, un grand sloop dont les mâts vinrent presque cogner aux fenêtres des Harris, comme pour saluer symboliquement le bébé Welcome, fils de marin.

Welcome mourut avant son père, mais glorieusement, à Fredericksbourg, en 1862. Ni lui ni son fils Archer ne se préoccupèrent de la maison maudite. Ils la considéraient comme une charge, impossible à louer, peut-être à cause de son humidité, de sa puanteur et de sa vieillesse. En fait, elle ne fut jamais louée après une série de morts dont le paroxysme se situe en 1861 mais que les malheurs de la guerre effacèrent. Carrington Harris, le dernier des héritiers mâles, n'y voyait qu'une épave légendaire non dépourvue de pittoresque, jusqu'au jour où je lui dis ce que j'en savais. Il avait l'intention de la démolir et de construire en la place une maison de rap-

port, mais, après m'avoir entendu, il décida de
la garder, de la moderniser et de la louer. Il
n'éprouva aucune difficulté à le faire. L'horreur
en était passée.

III

On imagine aisément à quel point je fus tou-
ché par la chronique historique des Harris. Tout
au long de cette chronique je croyais voir régner
un mal tenace, différent de tout ce que j'avais
jamais connu. Un mal manifestement inhérent
à la maison et non pas à la famille. Cette impression fut confirmée par un ensemble systéma-
tique de faits indépendants, notés par mon
oncle, légendes rapportées par les bavardages
des domestiques, articles de journaux, copies de
permis d'inhumer rédigés par les médecins, etc.
Je ne puis songer à reproduire ici ces documents
fort nombreux, car mon oncle était passionné
d'histoire et s'intéressait beaucoup à la maison
maudite. Je puis toutefois dégager certains
points particuliers qui méritent d'être notés par
leur répétition et la diversité de leurs origines.
Ainsi, les bavardages des domestiques semblaient tous attribuer à la *cave* malodorante et
humide une part prépondérante dans cette
influence maléfique. Certains serviteurs, et sur-

tout Anne White, n'utilisaient pas la cuisine de la cave ; et au moins trois légendes fort précises insistaient sur la forme quasi humaine et diabolique des racines d'arbres et des moisissures qui s'y trouvaient. Ces récits m'intéressèrent vivement, étant donné ce que j'avais noté moi-même dans mon enfance, mais j'avais le sentiment que la plupart de ces rapports avaient été, dans chaque cas, obscurcis par ce qu'y ajoutaient les traditions locales concernant les histoires de fantômes.

Anne White, nourrie des superstitions d'Exeter, avait fait le récit le plus extravagant, et en même temps le plus logique. Elle prétendait que sous la maison devait être enterré un de ces vampires (cadavres qui gardent leur forme humaine en se nourrissant du sang et du souffle des vivants) dont les légions hideuses libèrent la nuit les formes ou les esprits prédateurs. Pour détruire un vampire, on doit, disent les grands-mères, l'exhumer et brûler son cœur ou du moins y planter un pieu. Et l'insistance obstinée qu'avait mise Anne White à fouiner dans la cave avait fini par provoquer son renvoi.

Cependant, ses récits trouvaient une large audience et étaient d'autant plus aisément acceptés que la maison avait été érigée sur un terrain jadis utilisé comme cimetière. À mes yeux, leur intérêt dépendait moins de ces circonstances que du fait troublant qu'ils recoupaient certains autres indices, plaintes du domestique Preserved

Smith qui avait précédé Anne et n'avait jamais entendu parler d'elle (il prétendait que quelque chose « buvait son souffle » la nuit) ; permis d'inhumer des victimes de la fièvre de 1804, établis par le docteur Chad Hopkins, révélant que les quatre personnes décédées n'avaient plus une goutte de sang ; passages obscurs des délires de la pauvre Rhoby Harris, se plaignant de dents aiguisées, d'une présence aux yeux vitreux, à demi visible.

Aussi sceptique que je sois devant ces superstitions, elles produisirent néanmoins sur mon esprit une sensation bizarre, renforcée par deux coupures de journaux relatives à des morts qui s'étaient produites, à de longues années d'intervalle, dans la maison maudite. L'une, de la *Gazette de Providence et des environs* du 12 avril 1815, et l'autre, de *La Chronique quotidienne* du 27 octobre 1845. Chacune de ces coupures rapportait en détail une circonstance particulièrement macabre dont la répétition était étonnante. D'après elles, dans les deux cas, les agonisants, en 1815 une brave vieille dame du nom de Stafford, en 1845 un instituteur d'une quarantaine d'années nommé Eleazar Durfee, subirent une horrible métamorphose. Considérant d'un œil vitreux la gorge du médecin qui les soignait, ils essayèrent de la mordre. Le phénomène le plus troublant, et qui mit un terme à la location de la maison, fut une série de morts dues à l'anémie et précédées de folies progressives au cours desquelles les malades essayaient d'attenter par ruse à la vie de leurs parents en leur mordant le cou et les poignets.

Ceci se passait en 1860 et 1861, alors que mon oncle venait de commencer à pratiquer la médecine. Avant de partir pour le front, il avait entendu ses collègues évoquer cette affaire. L'élément vraiment inexplicable était la manière dont les victimes (personnes ignorantes, car on ne pouvait plus alors louer la maison méphitique et maudite qu'à des personnes de cette classe) balbutiaient des malédictions en français, langue qu'elles n'avaient certainement pas apprise. On songea alors à la pauvre Rhoby Harris, morte depuis près d'un siècle, et mon oncle en fut si ému qu'il commença à réunir des documents historiques sur la maison après avoir entendu, quelque temps après son retour de la guerre, le récit authentique des docteurs Chase et Whitmarsh. Je me rendais bien compte que mon oncle avait beaucoup réfléchi à cette affaire et se félicitait de la curiosité ouverte et sympathique que je témoignais et qui lui permettait d'évoquer avec moi une question dont d'autres se seraient contentés de rire. Son imagination ne l'avait pas entraîné aussi loin que la mienne, mais il avait le sentiment que cette maison suscitait des débauches mentales et pouvait servir le propos de quiconque entendait explorer le domaine du grotesque et du macabre.

Pour ma part, j'étais enclin à considérer le sujet

avec un profond sérieux et je me mis immédiatement non seulement à contrôler les preuves,
mais à accumuler tous les faits que je pus réunir.
Je m'entretins avec le vieux Archer Harris, alors
propriétaire de la maison, à plusieurs reprises
avant sa mort en 1916 ; j'obtins de lui et de sa
sœur Alice des preuves authentiques de la véra-
cité des documents réunis par mon oncle, mais
lorsque je leur demandai quels rapports cette
demeure avait bien pu avoir avec la France ou
la langue française, ils s'avouèrent tout aussi
intrigués et ignorants que moi. Tout ce que
Mlle Alice put me dire, c'est que son grand-père,
Dutee Harris, avait entendu parler de quelque
chose qui n'était qu'un indice. Le vieux marin,
qui avait survécu à la mort de son fils Welcome
pendant deux ans, n'avait pas connu lui-même
cette légende, mais il se souvenait que sa première gouvernante, la vieille Maria Robbins,
avait vaguement entendu parler de quelque
chose qui aurait pu donner un sens étrange au
délire français de Rhoby Harris qu'elle avait si
souvent entendue au cours des derniers jours
que cette malheureuse avait passés sur terre.
Maria avait vécu dans la maison maudite de 1769
à 1783, date à laquelle la famille avait déménagé,
et elle avait assisté à l'agonie de Mercy Dexter.
Un jour, elle y avait fait allusion devant le petit
Dutee et lui avait rapporté un détail étrange
de cette agonie. Mais il n'avait pas tardé à tout
oublier, se rappelant seulement que c'était

quelque chose d'étrange. De plus, l'héritière avait du mal à se souvenir de cet entretien. Son frère et elle ne s'intéressaient pas autant à la maison que le fils d'Archer, Carrington, propriétaire actuel, avec qui je m'entretins, après mon expérience.

Ayant obtenu de la famille Harris toutes les informations qu'elle pouvait me donner, je me mis à étudier les documents municipaux et l'histoire de la ville avec un sérieux et une attention supérieurs à ceux qu'avait déployés mon oncle en semblables circonstances. Je voulais connaître parfaitement l'histoire de la maison depuis le début de la colonisation, en 1636 ou même auparavant, et retrouver, si possible, toutes les légendes indiennes du Narragansett pour étayer les faits. Je m'aperçus, dès le début de mes recherches, que ce terrain avait fait partie d'une longue bande de lotissements accordés à l'origine à John Throckmorton ; c'était l'un des nombreux lotissements analogues qui, partant de la rue de la Ville, le long du fleuve, escaladaient la colline jusqu'à l'endroit où se trouve aujourd'hui la rue de l'Espoir. Le lotissement de Throckmorton avait été ensuite divisé en plusieurs parcelles. J'étudiai plus particulièrement la région où devait passer plus tard l'ex-rue de Derrière, rue des Bienfaits. On disait que sur cet emplacement se trouvait jadis le cimetière des Throckmorton ; mais en étudiant les documents de plus près, je m'aperçus que les tombes

avaient toutes été transférées très tôt au cimetière du Nord, sur la route de l'Ouest qui mène
à Pawtucket.

Puis, soudain, je découvris (par un hasard
extraordinaire, puisqu'il ne se trouvait pas dans
le corps des documents et aurait aussi bien pu
m'échapper) un document qui éveilla mon intérêt, car il recoupait plusieurs des éléments les
plus étranges de cette histoire. Il s'agissait du
bail d'un petit lopin de terre accordé en 1697 à
un certain Étienne Roulet et à sa femme. Voilà
que l'élément français apparaissait, élément
français doublé d'un élément d'horreur que ce
nom même évoquait, à la suite des lectures les
plus étranges et les plus bizarres que j'aie jamais
faites. Je me suis mis à étudier fébrilement la
configuration de la commune, telle qu'elle existait lorsqu'on avait rectifié la rue de Derrière,
entre 1747 et 1758. Je découvris une chose à
laquelle je m'attendais à moitié : là où se trouvait maintenant la maison maudite, les Roulet
avaient installé leur cimetière, derrière une
petite maison à un étage avec grenier, mais il ne
subsistait aucune trace d'un transfert de leurs
tombes. Ce document se terminait dans la plus
grande confusion et il me fallut écumer la
Société historique de Rhode Island et la bibliothèque Shepley avant de découvrir un indice
relatif à Étienne Roulet. Je finis par découvrir
quelque chose d'une importance tellement
monstrueuse que je me mis immédiatement à

explorer la cave de la maison maudite avec une
minutie passionnée.

Il semble que les Roulet soient arrivés en 1696
de Greenwich, sur la côte occidentale de la
baie de Narragansett. C'étaient des huguenots
de Caude qui avaient éprouvé de grandes diffi-
cultés à obtenir de la municipalité de Providence
la permission de s'installer en ville. Ils étaient
fort impopulaires à Greenwich où ils étaient arrivés en 1686, après la révocation de l'Édit de
Nantes, et la rumeur publique prétendait que
cette antipathie n'était pas due seulement à des
préjugés raciaux et nationaux ou à de ces controverses terriennes qui opposent d'autres pionniers français à leurs rivaux anglais, controverses
que même le gouverneur Andros était bien incapable d'apaiser. Mais leur protestantisme passionné, trop passionné, murmuraient certains, et
leur détresse manifeste lorsqu'ils avaient été vir-
tuellement chassés du village avaient fini par leur
obtenir un asile. Et Étienne Roulet, moins apte
à cultiver les champs qu'à lire des ouvrages
étranges et à inventer de curieux dessins, reçut
un poste administratif au dépôt du port, à Par-
don Tillinghast, au bas de la rue de la Ville. Il
y avait eu une sorte d'émeute par la suite
(quelque quarante ans plus tard, après la mort
du vieux Roulet), après quoi personne ne semblait avoir entendu parler de cette famille.

Pendant plus d'un siècle, se souvenant des Roulet, on avait passionnément évoqué la mémoire

de ceux qui avaient troublé la vie paisible d'un port de Nouvelle-Angleterre. C'était Paul surtout, le fils d'Étienne, garçon taciturne dont la conduite désordonnée avait sans doute provoqué l'émeute qui avait déshonoré sa famille, qui faisait l'objet des discussions. Bien que Providence ne partageât pas les terreurs qu'inspirait à ses voisins puritains la sorcellerie, les vieilles femmes disaient fort librement que ses prières n'étaient guère orthodoxes. Tout ceci avait sans aucun doute contribué à donner naissance à la légende dont s'était fait l'écho la vieille Maria Robbins. Quel rapport elle pouvait avoir avec les délires français de Robby Harris et des autres habitants de la maison maudite, seules l'imagination ou de futures découvertes pourraient le dire. Je me demandais combien de ceux qui avaient entendu ces légendes comprenaient le lien supplémentaire avec le terrible que mes nombreuses lectures m'avaient fourni. Ce fait divers, redoutable dans les annales de l'horreur morbide, raconte l'histoire de *Jacques Roulet de Caude* qui, en 1589, fut condamné à mort pour activité démoniaque, mais ensuite sauvé du bûcher par le Parlement de Paris et interné dans un asile d'aliénés. On l'avait trouvé couvert de sang et de lambeaux de chair dans un bois, peu après qu'un enfant eut été dévoré par deux loups. L'un de ceux-ci s'était enfui, sain et sauf. C'était à coup sûr une de ces bonnes légendes qu'on se raconte au coin du feu, pleine de sous-entendus quant aux noms et aux lieux. Mais je me dis que les habitants de Providence ne risquaient guère d'en avoir entendu parler. Dans l'hypothèse contraire, la coïncidence des noms aurait entraîné des décisions impitoyables dues à la peur. En fait, quelques chuchotements n'auraient-ils pas suffi à provoquer l'émeute qui chassa les Roulet de la ville?

Je me mis alors à visiter l'endroit maudit de plus en plus souvent. J'étudiai la végétation malsaine qui poussait dans le jardin, je sondai les murs de la maison et j'explorai chaque pouce du sol de la cave. Finalement, avec la permission de Carrington Harris, j'introduisis une clé dans la porte de la cave qui ouvrait sur la rue des Bienfaits, de manière à gagner ainsi plus rapidement le monde extérieur qu'en passant par l'escalier obscur, le rez-de-chaussée et la porte d'entrée. En cet endroit où s'amassaient des ténèbres morbides, je me livrais à mes explorations, des après-midi entiers, tandis que la lumière du soleil filtrait par la porte envahie de toiles d'araignée, à quelques pas seulement du trottoir paisible. Rien de nouveau ne récompensait mes efforts. C'étaient toujours la même humidité déprimante, de vagues indices d'odeurs méphitiques, des traces de salpêtre sur le sol et j'imagine que bien des passants intrigués devaient me regarder par les vitres brisées.

Finalement, sur la suggestion de mon oncle, je décidai d'explorer ce lieu la nuit. Un soir de

tempête, à minuit, je pénétrai, armé d'une torche électrique, dans la cave pour étudier, sur le
sol moisi, les formes torturées des champignons
à demi phosphorescents. L'atmosphère des
lieux avait abattu mon courage ce soir-là et je ne
fus guère surpris lorsque j'aperçus, ou crus apercevoir, parmi les dépôts blanchâtres, l'esquisse
assez nette d'une forme humaine recroquevillée
en chien de fusil. Je m'en doutais depuis longtemps. La fermeté du dessin cependant était
étonnante et, en observant de plus près, je crus
voir la fine exhalaison jaunâtre qui m'avait tant
étonné par un après-midi pluvieux, bien des
années auparavant.

Elle s'élevait au-dessus de la tache anthropomorphique du terreau, près de la cheminée.
C'était une vapeur subtile, maladive, quasi lu-
mineuse qui, suspendue dans l'air humide,
semblait se diluer en une forme vague et repoussante et, devenue nuageuse, montait dans
la grande cheminée noire, pour ne laisser dans
son sillage qu'une puanteur horrible. Horrible
vraiment, d'autant plus que je connaissais l'histoire de ce lieu. Refusant de m'enfuir, je regardai la forme s'évanouir et tandis que je
l'observais, je m'aperçus qu'elle me regardait à
son tour d'un air vorace, avec des yeux plus imaginables que visibles. Lorsque je rapportai ce
phénomène à mon oncle, il fut fortement troublé et, au bout d'une heure d'intense réflexion,
il prit une décision irrévocable. Considérant

l'importance de ces faits et le sens de notre enquête, il voulut que nous éprouvions, et si possible détruisions, l'horreur qui régnait dans cette maison en veillant tous deux plusieurs nuits de suite si besoin était, dans cette cave moisie et maudite.

IV

Le mercredi 25 juin 1919, après avoir fait part de notre projet à Carrington Harris, sans toutefois lui révéler nos soupçons, mon oncle et moi-même transportâmes dans la maison maudite deux fauteuils pliants, un lit de camp et un certain nombre de lourds et complexes instruments scientifiques. Nous les disposâmes dans la cave pendant le jour, obstruâmes les fenêtres avec du papier et décidâmes de revenir le soir, pour notre première veille. Nous avions fermé à clé la porte qui menait de la cave au rez-de-chaussée. Comme nous avions la clé qui ouvrait la porte de la rue, nous allions pouvoir laisser là les appareils fort coûteux et fragiles que nous nous étions procurés secrètement et à grand prix, aussi longtemps que nos veilles devraient durer. Nous avions l'intention de passer la nuit en prenant le quart toutes les deux heures, moi

d'abord, mon oncle ensuite. Celui qui ne veille-
rait pas se reposerait sur le lit.

La résolution avec laquelle mon oncle se pro-
cura les instruments au laboratoire de Brown
University et à l'Arsenal de la rue Cranston, et
prit d'instinct la direction de cette aventure,
fut un merveilleux exemple de la vitalité et de
la résistance d'un vieillard de 81 ans. Elihu
Whipple avait toujours observé les règles d'hy-
giène qu'il recommandait à ses malades et je
pense qu'il serait toujours des nôtres, sans l'événement que je vais rapporter. Deux personnes
seulement se doutent de ce qui s'est passé, Carrington Harris et moi-même. Je dus lui raconter
l'histoire : il était le propriétaire de la maison et
il fallait bien qu'il sût ce qu'il en était. De plus,
nous nous étions ouverts à lui de notre projet et
j'espérais qu'après la mort de mon oncle, il com-
prendrait la situation et m'aiderait à fournir au
public les explications nécessaires. Il pâlit, mais
accepta de m'aider et décida qu'il pourrait
désormais louer la maison sans danger.

Prétendre que nous n'étions pas inquiets, par
cette nuit pluvieuse où nous prîmes notre première veille, serait une bravade ridicule. Nous
n'étions pas, comme je l'ai dit, puérilement
superstitieux, mais nos études scientifiques et
nos méditations nous avaient enseigné que l'univers connu à trois dimensions ne comprend
qu'une infime partie de tout le cosmos de substance et d'énergie. Dans cette perspective, le

poids des preuves fournies par de nombreuses sources authentiques démontrait l'existence tenace de certaines forces très puissantes et d'une malignité exceptionnelle à l'égard des hommes. Dire que nous croyions véritablement aux vampires et aux loups-garous serait une déclaration inconsidérée. Il conviendrait plutôt de dire que nous n'étions pas disposés à nier la possibilité de certaines modifications insolites et peu connues de la force vitale et de la matière atténuée. Elles apparaissent rarement dans l'espace à trois dimensions, à cause de leur rapport plus intime avec d'autres unités spatiales ; pourtant elles sont assez proches des frontières de notre univers pour se manifester parfois dans des circonstances telles que nos sens, impropres à cette perception, ne nous permettront sans doute jamais de les comprendre.

En bref, il nous semblait, à mon oncle et à moi, qu'un ensemble de phénomènes inéluctables démontrait la présence larvée d'une certaine influence dans la maison maudite. Cette influence pouvait être imputable à l'un ou l'autre des malheureux pionniers français, morts deux siècles auparavant, et opérer à ce jour selon les lois inconnues du mouvement atomique et électronique. Que la famille Roulet eût présenté une affinité anormale pour les lieux extérieurs de l'entité, pour les sombres sphères qui n'inspirent aux gens normaux que répulsion et terreur, ce qu'on savait d'eux semblait le prouver. Les émeutes qui s'étaient déroulées vers 1730 n'avaient-elles pas mis en branle certaines forces cinétiques dans la cervelle morbide de l'un ou de plusieurs d'entre eux (et surtout du sinistre Paul Roulet), forces qui survivaient obscurément aux squelettes et continuaient à fonctionner dans un espace à plusieurs dimensions, suivant les lignes originales de forces commandées par une haine inexpiable envers la collectivité qui les entourait? Ce n'était pas là sûrement une impossibilité chimique ou physique, à la lumière d'une science qui nous a révélé les théories de la relativité et de l'action intra-atomique. On pourrait aisément supposer un noyau étranger de substance ou d'énergie, informe ou de forme inimaginable, maintenu vivant par des ponctions imperceptibles ou immatérielles faites dans la force vitale, le tissu corporel et les fluides d'êtres immédiatement vivants dans lesquels il pénètre et dans le tissu desquels il s'insinue. Ce noyau pourrait être franchement hostile ou n'obéir qu'à des raisons aveugles de subsistance personnelle. Quoi qu'il en soit, un monstre de ce genre doit nécessairement, dans notre vision des choses, être considéré comme une anomalie ou une intrusion que tout homme, défenseur de la vie, de la santé et de l'équilibre mental de ses frères humains, doit s'attacher à éliminer.

Ce qui nous troublait le plus, c'était notre ignorance totale de l'aspect sous lequel se mani-

festerait la chose. Aucune personne sensée ne
l'avait jamais vue et peu d'entre elles l'avaient
vraiment sentie. Ce pouvait être une énergie
pure, une forme éthérée, étrangère au royaume
de la substance, ou un être partiellement matériel; une masse plastique équivoque et inconnue, capable de se transformer à volonté en
approximation nébuleuse des états solide, liquide,
gazeux, ou fractionnée en particules. La tache
anthropomorphique des moisissures sur le sol,
la forme de la vapeur jaunâtre, la courbe des
racines d'arbres dans certaines des vieilles
légendes, tout contribuait à la présenter comme
une reproduction plus ou moins lointaine de la
forme humaine. Mais, pour aussi représentative
ou permanente qu'ait pu être cette ressemblance, personne ne pouvait l'affirmer avec
certitude.

Nous avions conçu deux armes pour la combattre. Un grand tube de Crookes, adapté à
la circonstance, mû par de puissantes batteries
à accumulateurs, muni d'écrans et de réflec-
teurs spéciaux, au cas où la forme s'avérerait
intangible et à l'abri de toute arme autre que
les radiations d'éther. Et deux lance-flammes
comme on en utilisa lors de la Grande Guerre,
au cas où elle s'avérerait en partie matérielle et
vulnérable par des moyens mécaniques. Car,
semblables aux paysans superstitieux d'Exeter,
nous étions prêts à brûler son cœur, si elle avait
un cœur à brûler. Ces armes offensives furent

placées dans la cave, en des positions soigneusement calculées par rapport au lit de camp, aux fauteuils, et à l'endroit, devant la cheminée, où le terreau avait pris ces formes étranges. Ces moisissures, soit dit en passant, étaient à peine visibles quand nous disposâmes nos meubles et nos instruments, et aussi quand nous revînmes ce soir-là pour veiller. Un instant, je me demandai même si je les avais vues d'une manière plus précise ; mais alors je songeai aux légendes.

Notre veillée dans la cave commença à dix heures. Au fur et à mesure que la nuit s'écoulait, nous renoncions à l'espoir d'une révélation. Une lueur timide, filtrant des lampadaires battus par la pluie sur le trottoir, et une faible phosphorescence, provenant des champignons qui couvraient le sol, révélaient la pierre suintante des murs d'où toute trace de chaux avait disparu, le sol humide, fétide, rempli de moisissures, couvert de champignons obscènes, les vestiges pourrissants de ce qui avait été jadis des tabourets, des chaises, des tables et d'autres meubles devenus informes, les lourdes planches et les poutres massives du plafond de la cave, la porte décrépite qui donnait accès aux autres pièces de la maison, l'escalier de pierre délabré, muni d'une rampe en bois vermoulu, la cheminée caverneuse de brique noircie où des morceaux de fer rouillés révélaient la présence, jadis, de crochets, de chenets, de broches, de poulies ; et une porte ouvrant sur un four, à quoi il convient d'ajouter notre lit de camp, nos fauteuils pliants, ainsi que les lourds et complexes instruments de mort que nous avions apportés.

Au cours de mes précédentes explorations, nous avions laissé la porte de la rue ouverte ; ainsi, une retraite immédiate et commode nous était ménagée au cas où nous ne pourrions nous rendre maîtres des manifestations. Nous pensions que notre présence nocturne ne manquerait pas d'exciter l'entité maligne qui était tapie en ces lieux, et que, bien préparés, nous pourrions régler son compte à cette chose, à l'aide de l'une ou l'autre de nos armes, dès que nous l'aurions reconnue et suffisamment observée. Nous n'avions aucune idée du temps qu'il nous faudrait pour susciter ou détruire cette chose. Nous avions bien pensé, assurément, que notre aventure était loin d'être de tout repos. Car personne ne pouvait dire de quelle force disposerait la chose. Mais nous pensions que le jeu en valait la chandelle et nous nous étions lancés dans cette entreprise tout seuls, sans l'ombre d'une hésitation. Nous savions, en effet, que tout recours à une aide extérieure n'eût fait que nous exposer au ridicule et risquer de compromettre le succès de notre expérience. Telles étaient nos dispositions d'esprit quand nous conversions fort tard cette nuit-là, jusqu'au moment où la fatigue de mon oncle me fit penser qu'il devait s'étendre pour dormir deux heures.

Une sorte de peur me fit frissonner tandis que j'attendais tout seul le petit matin. Je dis tout seul, car quelqu'un qui veille près d'un dormeur est en fait tout seul. Peut-être plus seul qu'il ne le pense. Mon oncle respirait lourdement ; sa respiration était scandée par la pluie à l'extérieur et soulignée par un autre bruit énervant de gouttes qui tombaient quelque part dans la maison, car cette demeure, humide, même par temps sec, devenait, sous la tempête, assez semblable à un marécage. J'observais la maçonnerie délabrée des vieux murs à la lueur des champignons phosphorescents et des rayons de lumière affaiblie qui passaient par les fenêtres obturées. Puis, lorsque l'atmosphère déprimante de l'endroit m'excéda, j'ouvris la porte et regardai dans la rue, posant mon regard sur des lieux familiers et humant l'air frais. Il ne se passa rien qui récompensât ma veille. Je me mis à bâiller plusieurs fois ; la fatigue l'emportait sur la peur.

Soudain, un mouvement de mon oncle, dans son sommeil, attira mon attention. Il s'était retourné plusieurs fois sur son lit au cours de la première demi-heure, mais maintenant, il respirait avec difficulté et poussait parfois un soupir qui ressemblait plutôt à un gémissement étouffé. Je braquai ma torche électrique sur lui et m'aperçus qu'il s'était retourné de l'autre côté. Je me levai, me dirigeai de l'autre côté du lit et éclairai son visage pour voir s'il éprouvait quelque douleur. Le spectacle qui s'offrit à mes yeux me surprit, chose assez curieuse, étant donné sa banalité. Ce devait être simplement le rapport entre ce spectacle et la nature sinistre de notre quête et de l'endroit où nous étions, car ce que je vis n'avait en soi rien d'effrayant ou d'anormal. L'expression du visage de mon oncle, troublé sans doute par les rêves étranges que notre situation lui inspirait, révélait une grande agitation et ne lui ressemblait pas le moins du monde. Il était d'ordinaire fort calme et bienveillant : or, voici qu'une série d'émotions semblait s'emparer de lui. Je crois que c'est surtout cette *variété* d'émotions qui me troubla particulièrement. Mon oncle haletait et se retournait, de plus en plus troublé, les yeux maintenant mi-clos ; il semblait avoir perdu son identité et incarner plusieurs hommes ; on eût dit qu'il s'était en quelque sorte aliéné.

Tout à coup, il commença à murmurer et je frissonnai en regardant sa bouche et ses dents. Les mots qu'il prononçait furent d'abord indistincts, puis j'y reconnus en sursautant quelque chose qui me remplit d'une terreur glaciale, jusqu'au moment où je me souvins de l'étendue de ses connaissances et des interminables traductions qu'il avait faites d'articles anthropologiques et archéologiques de *La Revue des Deux Mondes*. Car le vénérable Elihu Whipple marmonnait *en français* et les quelques phrases que je pus reconnaître semblaient se rapporter aux mythes ésotériques qu'il avait adaptés du fameux périodique parisien.

Soudain, la sueur envahit le front du dormeur, il se dressa brusquement, à moitié éveillé. Ses bribes de français se transformèrent en un cri anglais et il s'écria d'une voix rauque : « Mon souffle, mon souffle ! » En suite de quoi, il s'éveilla complètement. Son visage reprit une expression normale et mon oncle, me prenant la main, commença à me raconter un rêve qui, lorsque j'en compris l'essentiel, me remplit de terreur.

Il avait commencé par entrer dans une série toute normale d'images oniriques. Puis une scène s'était déroulée dont l'étrangeté n'avait aucun rapport avec ses lectures. Il se trouvait dans ce monde sans y être : une confusion géométrique ténébreuse dans laquelle on pouvait apercevoir les éléments d'objets familiers entrant dans des combinaisons inusitées et troublantes. C'était comme un ensemble désordonné de tableaux surimprimés les uns aux autres, une disposition dans laquelle les principes mêmes du temps et de l'espace semblaient se diluer et se télescoper de la manière la plus illogique. Dans ce tourbillon kaléidoscopique d'images fantasmagoriques surgissaient parfois, pour ainsi dire, des instantanés d'une singulière netteté, mais d'une hétérogénéité incroyable.

Un moment, mon oncle crut qu'il gisait dans une fosse inconsidérément ouverte, bordée d'une foule de visages furieux, encadrés de boucles désordonnées et coiffés de tricornes, qui lui faisaient les gros yeux. Puis, il eut le sentiment de se trouver à l'intérieur d'une maison, d'une vieille maison apparemment, dont les détails et les habitants se métamorphosaient constamment. Il n'avait aucune certitude quant aux visages et aux meubles, ni même à la pièce, car les portes et les fenêtres paraissaient subir les conséquences de ce flux au même titre que des objets plus mobiles. C'était étrange, vraiment étrange, et mon oncle m'en parla presque timidement, comme s'il craignait de n'être pas cru, lorsqu'il déclara que parmi ces visages insolites, beaucoup avaient les traits des Harris. Et tout ce temps-là, il éprouvait une sensation personnelle d'étouffement, comme si quelque présence insinuante s'était logée dans son corps et essayait de s'emparer des sources mêmes de sa vie. Je frissonnai en songeant à ces sources de vie, usées par 81 années de fonctionnement continu, en conflit avec des forces inconnues dont un organisme même plus robuste et plus jeune n'aurait su se rendre maître. Mais je me dis, ensuite, que les rêves ne sont que des rêves, et que ces visions gênantes n'étaient au plus que la réaction de mon oncle aux préoccupations et préparatifs qui nous avaient absorbés récemment, à l'exclusion de toute autre chose.

Sa conversation ne tarda pas à dissiper le sentiment d'étrangeté que j'avais éprouvé et, au bout d'un certain temps, je cédai au sommeil. Mon oncle semblait tout à fait réveillé et fort heureux de prendre la garde à son tour, bien que son cauchemar ne lui eût pas accordé les deux heures de répit auxquelles il avait droit.

Je ne tardai pas à sombrer dans le sommeil et je fus immédiatement la proie de rêves fort troublants. J'éprouvai une solitude cosmique et abyssale ; des forces hostiles se dressaient de toutes parts sur la prison où j'étais confiné ; j'avais l'impression d'être ligoté, bâillonné et assailli par les cris sonores de multitudes qui, au loin, avaient soif de mon sang. Le visage de mon oncle m'apparut sous un jour moins plaisant que dans la réalité et je me souviens des nombreuses luttes futiles que j'entrepris pour essayer de crier. Ce ne fut pas un sommeil agréable et pendant une seconde je ne regrettai pas le cri qui perça les barrières du rêve et me dressa sur mon lit, brusquement alerté ; j'aperçus devant moi les objets qui m'entouraient en relief et plus nets qu'ils ne l'étaient d'habitude dans l'univers réel.

V

Je m'étais endormi, le dos tourné au fauteuil sur lequel était assis mon oncle, de sorte qu'en me réveillant brusquement, je vis la porte qui

menait à la rue, la fenêtre au nord, le mur, le
plancher et le plafond du côté nord de la pièce,
le tout photographié avec une netteté morbide
dans mon esprit, dans une lumière plus vive que
n'en émettaient la lueur des champignons ou les
rayons de la rue. Ce n'était pas une lumière
forte, ni même assez forte : elle n'était certainement pas assez dense pour permettre la lecture,
mais elle projetait l'ombre du lit et de mon
corps sur le plancher et elle avait une nuance
jaunâtre d'une intensité pénétrante qui évoquait quelque chose de plus fort que la luminosité. Je perçus ce phénomène et m'en alarmai,
bien que deux autres de mes sens fussent également alertés. J'avais toujours aux oreilles l'écho
de ce cri déchirant et mes narines se révulsaient
devant la puanteur qui envahissait les lieux. Mon
esprit, aussi vif que mes sens, reconnut immédiatement la gravité de ces éléments insolites et,
presque automatiquement, je bondis et me
retournai pour saisir les instruments de mort qui
devaient se trouver sur les moisissures, devant la
cheminée. En me retournant, je redoutai ce que
j'allais voir, car le cri que j'avais entendu ne pouvait avoir été poussé que par mon oncle et j'ignorais contre quelle menace je devrais le défendre
et me défendre.

Cependant, le spectacle qui s'offrit à ma vue
fut pire que tout ce que j'avais rêvé. Il y a des
horreurs qui dépassent l'horreur, et j'étais en
présence de ces paroxysmes hideux et cauche-

mardesques que le cosmos réserve aux malheureux qu'il veut maudire. Sur le sol infesté de
champignons s'élevait un corps lumineux et
vaporeux, jaune et morbide, qui se liquéfiait et
grandissait dans des proportions gigantesques,
prenait la forme vague d'un être, mi-humain mi-
monstre, à travers lequel j'apercevais la cheminée. Cet être était tout en yeux, comme un loup
moqueur, et sa tête rugueuse, semblable à celle
d'un insecte, se diluait au sommet en fine
vapeur brumeuse et putride qui se déroulait
dans la pièce, avant de passer dans la cheminée.
Je dis que j'ai vu cette chose, mais ce n'est qu'en
recomposant consciemment la scène que j'ai
réussi finalement à en discerner les formes abominables. Sur l'instant ne m'apparut qu'un
nuage, vaguement phosphorescent, d'horreurs
spongieuses, enveloppant et dissolvant en une
matière horriblement plastique le seul objet sur
lequel mon attention était concentrée. Cet objet
était mon oncle, le vénérable Elihu Whipple,
qui, les traits noircis et décrépits, ricanait, bal-
butiait et étendait les doigts dégouttants vers
moi comme pour me déchirer, en proie à la
fureur que cette horreur avait provoquée.

Je dus à mon expérience de ne pas sombrer
dans la folie. Je m'étais préparé à ce moment
crucial et c'est à cet entraînement inconscient
que je dus mon salut. Comprenant que cette
malignité liquéfiée n'avait aucune substance
que pût affecter la matière ou la chimie maté-

rielle, je renonçai au lance-flammes qui se trouvait à ma gauche et déclenchai le courant du tube de Crookes en dirigeant vers la scène de ce blasphème immortel les plus fortes radiations d'éther que le génie humain puisse capter dans l'espace et dans les fluides de la nature. Il y eut une vapeur bleuâtre, un crachotement saccadé et la phosphorescence jaunâtre s'estompa, mais je compris que cet évanouissement n'était dû qu'au contraste et que les ondes émises par ma machine n'avaient aucun effet.

Alors, au cœur de ce spectacle démoniaque, j'aperçus une nouvelle horreur qui fit monter un cri à mes lèvres et me repoussa en titubant par la porte ouverte, vers la rue paisible, peu soucieux des terreurs abominables que je pouvais déchaîner sur le monde ou des jugements que je risquais de m'attirer. Dans ce sombre mélange de bleu et de jaune, le corps de mon oncle avait commencé à se liquéfier d'une manière révulsante. Il est impossible de décrire l'essence de cette liquéfaction, ni les degrés de métamorphose que révélait son visage et que seule la folie pourrait concevoir. Il devenait à la fois diable et multitude, charnier et cavalcade. À la lueur des rayons mêlés et incertains, ce visage gélatineux prenait une douzaine, une vingtaine, une centaine de formes, s'enfonçait en grimaçant dans le sol sur un corps qui fondait comme du suif, caricature parfaite de légions étranges et pourtant familières.

Je vis les traits de tous les Harris, hommes, femmes, adultes, enfants, puis les traits des vieux et des jeunes, des raffinés et des brutes, des amis et des ennemis. Pendant une seconde, surgit une contrefaçon dégradée d'une miniature de la pauvre Rhody Harris que j'avais vue au musée de l'École de dessin, puis je crus apercevoir le visage osseux de Mercy Dexter telle que je me la rappelais d'après un tableau dans la maison de Carrington Harris. C'était plus effrayant que tout ce qu'on pouvait imaginer. Vers la fin, un curieux mélange de visages de serviteurs et de bébés apparut près du sol spongieux, où une flaque de graisse verdâtre s'épaississait, et les traits grimaçants semblaient se combattre et cherchaient à retrouver l'expression habituelle à mon oncle. J'aime à croire qu'il existait encore en cet instant-là et qu'il essayait de me dire adieu. Je crois que je hoquetai moi-même un adieu, la gorge sèche, en trébuchant dans la rue. Un petit filet de graisse me suivit par la porte, sur le trottoir lavé de pluie.

Le reste est obscur et monstrueux. Pas une âme dans la rue pluvieuse, personne au monde à qui j'osasse raconter ce qui s'était passé. Je déambulai au hasard, passai devant la Colline du Collège et l'Athénée, descendis la rue Hopkins, traversai le Pont, entrai dans le quartier des affaires où de grands édifices semblaient me protéger, comme les éléments matériels du monde moderne protègent les hommes du mer-

veilleux malsain d'autrefois. Puis, l'aube grise
parut, tout humide, à l'est : et la vieille colline,
avec ses vénérables clochers, se détacha sur le
ciel et m'attira vers le lieu où je devais poursuivre ma terrible tâche. Et je finis par y aller :
trempé, tête nue, perdu dans la lumière du petit
matin, je repassai l'abominable porte de la rue
des Bienfaits que j'avais laissée entrouverte, et
qui continuait à battre mystérieusement devant
les premières femmes de ménage auxquelles je
n'osai adresser la parole.

La flaque de graisse avait disparu, car ce sol
était spongieux. Devant la cheminée ne subsistait aucun vestige de la forme gigantesque et
recroquevillée. Je regagnai le lit, les fauteuils, les
instruments, mon chapeau abandonné et le
canotier de mon oncle. J'étais dans un univers
brumeux où j'avais peine à discerner le rêve de
la réalité. Puis, la conscience me revint et je compris que j'avais été témoin de choses plus horribles encore que je n'en avais rêvé. Je m'assis et
essayai de recomposer, aussi bien que la logique
le permettait, ce qui s'était passé et me demandai comment mettre un terme à cette horreur si
vraiment elle s'était produite. Ce n'était pas une
matière, ni de l'éther, ni rien que pût concevoir
l'esprit humain. Quoi d'autre alors qu'une
émanation exotique, une vapeur vampirique,
semblable à celle dont les paysans d'Exeter pré-
tendent qu'elle erre dans certains cimetières ?
C'était, selon moi, l'explication. Je contemplai

de nouveau, devant la cheminée, le sol où les moisissures de salpêtre avaient adopté une forme étrange. Au bout de dix minutes, ma décision était prise : saisissant mon chapeau, je rentrai chez moi. Je pris un bain, déjeunai, commandai par téléphone une pique, une bêche, un masque à gaz, six bonbonnes d'acide sulfurique, ordonnai de livrer le tout le lendemain matin à la porte de la cave de la maison maudite de la rue des Bienfaits, après quoi j'entrepris de dormir. Comme je n'y parvenais pas, je me mis à lire et à écrire des vers saugrenus pour lutter contre mon humeur.

À onze heures, le lendemain matin, je me mis à bêcher. Il faisait un beau soleil et j'en étais heureux. J'étais encore seul, car si je redoutais l'horreur inconnue que je recherchais, je craignais encore plus d'en parler à quiconque. Par la suite, je racontai l'histoire à Harris, poussé par la nécessité et aussi parce qu'il avait entendu les vieilles gens raconter des histoires de ce genre, ce qui ne le prédisposait guère à me croire. En retournant le terreau puant devant la cheminée, tandis que ma bêche faisait sourdre un suintement visqueux et jaunâtre sur les champignons blancs qu'elle tranchait en deux, je tremblais à l'idée de ce que j'allais peut-être découvrir. Certains secrets enfouis au cœur de la terre sont néfastes aux hommes et je pensais bien être sur le point d'en surprendre un.

Mes mains tremblaient, mais je continuais à

bêcher. Au bout d'un moment, je m'arrêtai, debout dans la fosse que j'avais creusée. À mesure que je creusais ce trou, qui avait environ deux mètres carrés, la puanteur ne faisait qu'augmenter. Je n'eus plus aucun doute sur la chose diabolique que j'allais rencontrer et dont les émanations avaient voué cette maison à la malédiction pendant un siècle et demi. Je me demandais à quoi ça ressemblerait, quelles seraient sa forme et sa substance, quelles dimensions elle aurait prises à force de sucer la vie pendant des siècles. Finalement, je sortis du trou et rejetai le tas de terre sur deux côtés, puis disposai au bord de l'excavation les grandes bonbonnes d'acide, de manière à pouvoir, au moment opportun, les vider rapidement dans la fosse. Après quoi je rejetai la terre des deux autres côtés. Je travaillais plus lentement. Lorsque l'odeur se précisa, je coiffai le masque à gaz. J'étais presque à bout de forces en m'approchant de la chose indicible qui devait se trouver au fond de ce puits.

Soudain, ma bêche heurta une substance plus molle que la terre. Je frissonnai et faillis sortir du trou dans lequel j'étais enfoncé jusqu'au cou, mais le courage me revint. J'enlevai encore un peu de terre à la lumière de ma torche électrique. La matière que j'avais découverte était visqueuse et vitreuse ; c'était une sorte de gelée semi-putride, congelée et translucide. Continuant à bêcher, je pus observer, par une crevasse, cette forme tassée. La surface découverte était énorme, à peu près cylindrique. C'était une sorte d'énorme tuyau de poêle d'un blanc bleuâtre, replié sur lui-même, et qui, dans son diamètre le plus grand, atteignait une cinquantaine de centimètres. Je continuai à bêcher, puis brusquement je bondis hors du trou pour échapper à cette chose dégoûtante. Je débouchai rapidement les lourdes bonbonnes et les renversai précipitamment, avec leur contenu corrosif, l'une après l'autre, dans ce charnier, sur cet objet anormal et impensable dont j'avais vu le *coude* titanesque.

Le maelström aveuglant de vapeur jaune verdâtre qui s'éleva en bourrasque de la fosse tandis que s'infiltraient les flots d'acide, je m'en souviendrai toujours. Sur la colline, les gens parlent encore du jour jaune où des fumées virulentes et pestilentielles s'élevèrent du dépotoir de l'usine, au bord du fleuve de Providence, mais je sais quelle est leur erreur. Ils parlent aussi de l'affreux rugissement qui, au même moment, sortit d'une canalisation bouchée ou d'un collecteur de gaz, mais je pourrais, là aussi, si je l'osais, les détromper. C'était indicible et je ne vois pas comment j'ai survécu à cette expérience. Je me suis évanoui, après avoir vidé la quatrième bonbonne, car les fumées avaient commencé à pénétrer sous mon masque. Mais lorsque je revins à moi, je m'aperçus que du trou ne montait plus aucune vapeur.

Je vidai les deux dernières bonbonnes sans rien noter de particulier et, au bout d'un certain temps, je crus possible de refermer la fosse. Quand j'eus terminé, le crépuscule était tombé, mais la terreur n'habitait plus la maison. L'humidité était moins fétide, les champignons étranges n'étaient plus qu'une sorte de poudre grisâtre inoffensive, qu'on pouvait balayer sur le sol. Une des pires terreurs de cette terre avait péri. L'enfer, s'il existe, venait de recevoir enfin l'âme démoniaque d'un être néfaste. En aplatissant la dernière pelletée de terre, je versai la première des nombreuses larmes que je devais à la mémoire de mon oncle bien-aimé.

Au printemps suivant, les herbes étranges ont cessé de pousser dans le jardin en terrasse de la maison maudite, peu après que Carrington Harris l'eut louée. Cette maison est toujours aussi spectrale, mais son étrangeté me fascine, et j'éprouverai un soulagement mêlé de regrets quand on l'abattra, pour construire à la place un magasin de mauvais goût ou une banale maison de rapport. Les vieux arbres stériles de la cour ont commencé à donner de petites pommes douces et, l'année dernière, les oiseaux sont venus se nicher dans leurs branches noueuses.

LA TOURBIÈRE HANTÉE

Denys Barry est parti, pour quel effroyable et
lointain royaume, je l'ignore. J'étais là pendant
la dernière nuit qu'il ait passée parmi les
hommes, et je l'ai entendu hurler au moment
où « la chose » est venue le prendre. Mais en
dépit de recherches longues et minutieuses, personne, dans le comté de Meat, ni les habitants
ni la police, n'a jamais pu retrouver sa trace ni
celle des autres. Et maintenant, je frémis de terreur en entendant coasser les grenouilles dans
les marais ou en me trouvant au clair de lune
dans un endroit isolé.

C'est en Amérique, où il avait fait fortune, que
je m'étais lié avec Denys Barry et je le félicitai
vivement lorsqu'il racheta le vieux château de
Kilderry, endormi près de la tourbière. Jadis, au
temps où ils étaient les maîtres de Kilderry, ses
ancêtres avaient habité ce château bâti par eux,
mais il y avait bien longtemps de cela et la vaste
demeure, vide depuis des générations, tombait
lentement en ruine. Barry m'écrivit souvent

après son retour en Irlande : sous sa direction, disait-il, les tours se remettaient debout une à une et le château de pierre grise retrouvait son antique splendeur ; le lierre grimpait comme autrefois le long des murs restaurés et les paysans le bénissaient pour avoir, avec son or gagné au-delà des mers, ramené le bon vieux temps. Mais un jour les ennuis vinrent et au lieu de le bénir, les paysans s'enfuirent comme pour échapper à une malédiction. C'est à ce moment qu'il m'écrivit pour me prier d'aller le voir. Il était bien seul dans le château : personne à qui parler, à part les nouveaux domestiques et les ouvriers qu'il avait fait venir du Nord.

À l'origine de tous ces ennuis, me confia Barry dès le premier soir, il y avait la tourbière. C'était l'été et j'étais arrivé à Kilderry par un magnifique coucher de soleil ; l'or du ciel éclairait le vert des collines et des futaies et le bleu de la tourbière sur laquelle, là-bas, scintillait, au milieu d'une petite île, une étrange ruine dorée semblable à un spectre. Les paysans de Ballyhough m'avaient prévenu : ils prétendaient que Kilderry était hanté et je frissonnai involontairement en voyant s'embraser les hautes tours du château. La voiture de Barry m'attendait à la gare de Ballyhough (Kilderry est loin de la ligne du chemin de fer) et les villageois, sans s'occuper de la voiture ni du chauffeur, un homme du Nord, étaient venus me parler à voix basse dès qu'ils avaient appris que j'allais à Kilderry. Et le soir, Barry entreprit de m'expliquer tout cela.

Les paysans avaient quitté Kilderry parce que Barry était sur le point d'assécher la tourbière. Certes il aimait profondément l'Irlande, mais l'Amérique ne l'en avait pas moins marqué : il détestait voir perdre ce magnifique espace d'où l'on pourrait tirer non seulement de la tourbe mais encore de nouvelles terres, et les légendes et les superstitions du pays ne le touchaient pas. Lorsque les paysans refusèrent de l'aider puis, devant sa détermination, s'en allèrent à Bally-hough avec armes et bagages, il ne fit qu'en rire et les remplaça par des ouvriers venus du Nord. Quand ses domestiques le quittèrent à leur tour, il les remplaça de même. Mais la vie était bien triste avec tous ces gens qui lui étaient étrangers. C'est pourquoi il m'avait demandé de venir.

En apprenant pourquoi les gens du pays s'étaient enfuis, je me mis à rire moi aussi, car leurs craintes étaient du genre le plus vague, le plus étrange et le plus absurde qui soit. Elles avaient trait à une légende d'après laquelle un esprit funeste, protecteur de la tourbière, séjour-nait dans l'étrange ruine que j'avais aperçue sur l'îlot au coucher du soleil. On racontait que des lumières y dansaient par les nuits sans lune et qu'un vent froid y soufflait alors que la nuit était chaude. Il était également question d'une ville de pierre imaginaire ensevelie sous la surface marécageuse et d'esprits planant au-dessus de

l'eau. Parmi ces légendes, il y en avait une qui
revenait souvent et qui faisait l'unanimité abso-
lue : d'après elle, l'homme qui oserait toucher
à l'immense marais rougeâtre ou l'assécher
serait maudit. Il y avait des secrets, disaient les
paysans, qu'il ne fallait pas dévoiler ; des secrets
cachés depuis que la peste avait frappé les
enfants de Partholan aux jours fabuleux que
l'Histoire ignore. Il est dit dans le « Livre des
Envahisseurs » que ces fils des Grecs avaient tous
été ensevelis à Tallaght, mais les vieillards de Kilderry prétendaient qu'une ville avait été épar-
gnée grâce à la déesse de la lune, sa protectrice ;
c'est pourquoi seules les collines boisées la
recouvraient quand les hommes de Nemed
étaient venus de Scythie dans leurs trente vais-
seaux.

Tels étaient les racontars qui avaient poussé
les villageois à quitter Kilderry et je ne m'éton-
nai guère que Barry eût refusé de les écouter.
Cependant il s'intéressait beaucoup à l'archéo-
logie et se proposait d'examiner soigneusement
la tourbière une fois asséchée. Il avait souvent
visité la ruine blanche de l'îlot : elle était visi-
blement très ancienne et ressemblait fort peu à
ce qu'on trouve généralement en Irlande ; mais
elle était trop délabrée pour révéler l'époque de
sa splendeur. Les travaux d'assèchement allaient
bientôt dépouiller la tourbière interdite de sa
mousse verte et de sa bruyère rougeâtre. On ne
verrait plus les minuscules ruisseaux pavés de

coquillages ni les calmes étangs bleus bordés de roseaux.

Le voyage avait été fatigant et lorsque Barry, qui avait parlé une partie de la nuit, eut achevé son récit, je tombais de sommeil. Un domestique me conduisit à ma chambre, située dans une tourelle éloignée surplombant le village, la tourbière et la plaine voisine. De mes fenêtres, je voyais, éclairées par la lune, les maisons silencieuses qui, depuis que les paysans s'étaient enfuis, abritaient les hommes du Nord. Je voyais également l'église paroissiale avec sa flèche ancienne et là-bas, de l'autre côté de la tourbière, la ruine sur son îlot, blanche et brillante comme un spectre. Au moment de m'endormir, je crus entendre au loin de faibles sons primitifs et vaguement musicaux qui, par l'état d'agitation où ils me mirent, influencèrent mes rêves. Mais le lendemain à mon réveil, je fus convaincu que je m'étais trompé, car les visions que j'avais eues étaient bien plus extraordinaires que les sons d'un pipeau dans la nuit. Fasciné par les légendes que Barry m'avait rapportées, j'avais erré en songe dans une ville imposante située dans une vallée fertile, où tout, rues et statues de marbre, villes et temples, sculptures et inscriptions, attestait la gloire de la Grèce. Quand je racontai mon rêve à Barry, nous en rîmes tous deux, mais c'est moi qui riais le plus fort ; lui-même était préoccupé : en effet les ouvriers qu'il avait fait venir du Nord s'étaient, pour la deuxième fois, réveillés fort tard, lentement et avec difficulté, se conduisant comme s'ils n'avaient pris aucun repos ; or l'on savait qu'ils étaient tous couchés de bonne heure la veille au soir.

Le matin et l'après-midi, je me promenai seul dans le village ensoleillé, parlant de temps en temps aux ouvriers inoccupés, pendant que Barry s'affairait aux derniers préparatifs. Ces hommes n'étaient guère heureux et presque tous avaient l'air tourmentés par un rêve dont le souvenir leur échappait. Je leur racontai le mien. Ils s'y intéressèrent seulement quand je fis allusion aux airs mystérieux que j'avais cru entendre. Ils me lancèrent alors un curieux regard et me dirent qu'eux aussi se souvenaient vaguement d'une musique étrange.

Le soir, au cours du dîner, Barry m'annonça que les travaux d'assèchement commenceraient le lendemain. J'en fus heureux car, tout en regrettant de voir disparaître la mousse et la bruyère, les ruisseaux et les étangs, je désirais de plus en plus vivement découvrir les antiques secrets enfouis sous la tourbe. Cette nuit-là, mes rêves de pipeaux et de péristyles connurent une fin brutale et inquiétante : je vis la cité de la vallée frappée par la peste, puis les collines boisées s'écroulèrent et ensevelirent les cadavres dans les rues. Seul échappa à la destruction le temple d'Artémis, au sommet de la colline, où gisait la vieille Cléis, prêtresse de la lune, une couronne d'ivoire sur sa chevelure d'argent.

J'ai dit que je m'éveillai brusquement, en proie à la terreur. Pendant quelques instants, je ne sus si je dormais ou si je veillais, car mes oreilles résonnaient encore du son des pipeaux ; mais voyant se dessiner sur le sol, sous les rayons glacés de la lune, les contours d'une fenêtre gothique, j'estimai que je devais être éveillé dans ma chambre de Kilderry ; puis une horloge éloignée sonna deux heures et je n'eus plus aucun doute. Le son lointain des pipeaux continuait à me parvenir, jouant des airs sauvages et mystérieux, évocateurs de danses de faunes sur le lointain Ménale. Énervé, incapable de dormir, je me levai d'un bond et me mis à arpenter la pièce. C'est par hasard que j'allai à la fenêtre du nord, d'où je voyais le village endormi et la plaine au bord de la tourbière. Je n'avais nulle envie de porter plus loin mes regards, car je désirais surtout retrouver le sommeil ; mais le son des pipeaux ne cessait de me tourmenter et il me fallait faire ou voir quelque chose. Comment aurais-je pu soupçonner ce dont j'allais être témoin ?

Dans l'immense plaine baignée par le clair de lune, je contemplai un spectacle que nul mortel, l'ayant vu, ne pourrait oublier. Au son des flûtes de roseau, dont l'écho me parvenait à travers la plaine, un groupe de silhouettes fantastiques tournoyait follement, perdu dans une danse effrénée. Je pensai aux habitants de la Sicile antique qui dansaient près du Cyané, sous la lune de juin en l'honneur de Déméter.

La vaste plaine, le clair de lune argenté, les ombres dansantes et par-dessus tout le son aigu et monotone des pipeaux produisaient sur moi un effet presque paralysant. Malgré mon effroi, je remarquai cependant que la moitié de ces danseurs infatigables, mécaniques eût-on dit, étaient les ouvriers que j'avais crus endormis, tandis que l'autre moitié se composait d'étranges créatures aériennes vêtues de blanc, d'une nature indécise, mais qui devaient être de pâles et pensives naïades venues des sources hantées de la tourbière. Je ne sais combien de temps je demeurai à contempler ce spectacle du haut de ma fenêtre, dans la tourelle isolée, avant de sombrer dans un sommeil sans rêve, dont me tira le soleil matinal.

Ma première pensée, à mon réveil, fut de faire part de mes craintes et de mes observations à Denys Barry, mais à la vue des rayons du soleil qui traversaient la fenêtre de l'est, je fus convaincu de l'irréalité de ce que j'avais vu. Je suis parfois sujet à d'étranges visions, mais je n'ai jamais la faiblesse d'y croire ; en cette occasion, je me contentai de questionner les ouvriers qui, réveillés très tard, ne conservaient aucun souvenir de la nuit précédente, à part celui, très vague, de la musique. Cette histoire de pipeaux fantômes me tourmentait beaucoup et je me demandais si les grillons d'automne n'étaient pas venus en avance pour troubler la nuit et hanter les rêves des hommes. Un peu plus tard, en voyant Barry examiner ses plans dans la bibliothèque (les travaux devaient commencer le lendemain) j'éprouvai pour la première fois un soupçon de cette peur qui avait chassé les paysans. Pour une raison inconnue, je tremblais à l'idée de voir détruire l'antique tourbière et les secrets qu'elle recelait, et j'imaginais de terribles spectacles ensevelis dans ses profondeurs obscures et insondables.

Il me paraissait insensé de vouloir faire la lumière sur de tels secrets. Je fus pris d'un brusque désir de trouver un motif pour quitter le château et le village. J'allai jusqu'à entretenir Barry de ces questions sans en avoir l'air, mais il éclata de rire et je n'osai continuer. Aussi gardai-je le silence lorsque le soleil couchant inonda de sa lumière les collines lointaines, pendant que Kilderry se transformait en un brasier rouge et doré qui semblait de fâcheux présage.

Les événements de la nuit furent-ils réels ou imaginaires ? Je ne le saurai jamais avec certitude. Ils dépassent incontestablement tout ce qu'on peut imaginer sur terre ou dans l'univers. Mais comment expliquer normalement ces disparitions que personne n'ignore plus maintenant ? Je me retirai de bonne heure, vaguement alarmé, incapable pendant un long moment de trouver le sommeil, dans le mystérieux silence de la tour. Il faisait très sombre, car la lune était à son décours et ne devait pas se lever avant le petit matin. Étendu sur mon lit, je pensais à Denys Barry et au sort qui attendait la tourbière une fois le jour venu. J'eus tout à coup une envie folle de me sauver dans la nuit, de prendre la voiture de Barry et de m'enfuir à Ballyhough, loin des terres menacées. Mais je m'endormis avant de mettre mon projet à exécution et revis en rêve la ville de la vallée, froide et morte sous un linceul d'ombre hideuse.

Ce fut sans doute le son aigu des pipeaux qui m'éveilla mais je ne m'en rendis pas compte tout de suite. Quand j'ouvris les yeux, j'étais couché le dos à la fenêtre de l'est, celle qui donnait sur la tourbière ; c'est de ce côté que la lune devait se lever, je m'attendais donc à voir sa lumière se refléter sur le mur d'en face, mais je ne pouvais prévoir le spectacle qui m'attendait : il y avait bien de la lumière sur le mur, mais ce n'était pas celle de la lune. Venant de la fenêtre gothique, une aveuglante lumière rouge, merveilleuse et terrible à la fois, baignait la pièce. Mon premier mouvement fut étrange en l'occurrence, mais ce n'est que dans les romans qu'on accomplit les gestes dramatiques et attendus. Au lieu de chercher à découvrir la source de cette clarté surnaturelle, j'évitai, en proie à une terreur panique, de porter mes regards vers la fenêtre et je tirai maladroitement mes couvertures, dans le vague dessein de m'en servir pour me sauver. Je me rappelle aussi avoir saisi mon revolver et mon chapeau, mais avant la fin de l'aventure, je les avais perdus tous les deux, sans avoir tiré un seul coup de feu ni m'être coiffé. Au bout d'un instant, la fascination qu'exerçait sur moi cette lueur rouge prit le pas sur la peur et je me glissai jusqu'à la fenêtre de l'est pour voir ce qui se passait dehors. Le gémissement des pipeaux déchaînés remplissait le château et le village tout entiers.

Au-dessus de la tourbière, une lumière éblouissante, provenant de la ruine de l'îlot, coulait à flots, écarlate et sinistre. Quant à l'aspect de la ruine elle-même, comment le décrire ? Je devais être fou en cet instant : je la voyais se dresser, intacte et splendide, entourée de colonnes majestueuses ; l'entablement, où se reflétaient des flammes, semblait traverser le ciel comme celui d'un temple situé au sommet d'une montagne. Au son perçant des pipeaux vint soudain se joindre un roulement de tambour. Étreint par l'angoisse, je crus discerner des formes dansantes dont la silhouette grotesque se détachait sur le marbre lumineux. L'impression était inouïe, et je serais resté indéfiniment en contemplation, ayant peine à en croire mes yeux, si, à ma gauche, le son des pipeaux n'avait paru brusquement s'enfler. Tremblant d'une peur curieusement mêlée d'extase, je traversai la pièce circulaire pour aller à la fenêtre du nord, d'où l'on découvrait le village et la plaine.

Alors mes yeux se dilatèrent de surprise, comme s'ils ne venaient pas déjà de contempler un spectacle surnaturel : dans la plaine inondée d'une épouvantable lumière rouge, avançait un cortège de créatures comme on en voit dans les cauchemars.

D'une allure mi-glissante mi-flottante, les naïades vêtues de blanc retournaient lentement vers les eaux tranquilles et la ruine de l'îlot, groupées comme les danseuses des cérémonies antiques. Guidées par le son détestable d'invisibles pipeaux et obéissant à un rythme mystérieux, elles faisaient signe, de leurs bras onduleux et translucides, à la foule des ouvriers qui les suivaient comme des chiens, d'une démarche d'aveugles ou de fous, entraînés, semblait-il, par une force diabolique, maladroite mais irrésistible.

Au moment où les naïades, dans leur marche inexorable, approchaient de la tourbière, je vis sortir du château, par une porte située très au-dessous de ma fenêtre, une nouvelle file d'êtres zigzagants et titubants, tels des hommes ivres. Ils traversèrent à tâtons la cour et une partie du village et rejoignirent dans la plaine la colonne trébuchante. En dépit de la distance, je reconnus aussitôt les domestiques venus du Nord. C'est ainsi que je discernai la silhouette difforme du cuisinier, dont la laideur même devenait indiciblement tragique en cet instant. Et toujours l'horrible son des pipeaux, que suivait celui des tambours. Arrivées près de l'eau, les naïades y entrèrent une à une, gracieuses et muettes, et les autres, sans ralentir un instant, les y suivirent maladroitement et disparurent dans un jaillissement de bulles malsaines, à peine visibles dans cette lumière écarlate. Lorsque le gros cuisinier, le dernier de ces pathétiques traînards, se fut enfoncé lourdement dans l'étang funeste, les pipeaux et les tambours se turent, les rayons aveuglants qui venaient de la ruine s'éteignirent brusquement et le village maudit demeura vide et lamentable sous les pâles rayons de la lune nouvelle.

J'avais maintenant l'impression de me débattre dans un chaos indescriptible. Ne sachant si j'étais fou ou sain d'esprit, endormi ou éveillé, je ne fus sauvé que grâce à un engourdissement miséricordieux. Je crois m'être donné le ridicule d'adresser des prières à Artémis, Latone, Déméter, Perséphone et Pluton. Tous les souvenirs classiques de ma jeunesse me remontaient aux lèvres et l'horreur de la situation faisait renaître en moi des superstitions bien cachées. Je me rendais compte que j'avais été le témoin de la disparition totale d'un village et je savais que j'étais seul dans le château avec Denys Barry, dont l'audace était à l'origine de cette malédiction. En pensant à lui, de nouvelles terreurs m'assaillirent et je me laissai tomber à terre, non pas évanoui mais accablé. Puis je sentis le vent glacial qui entrait par la fenêtre de l'est, du côté

où s'était levée la lune, et tout à coup, j'entendis au-dessus de moi des hurlements qui ne tar-
dèrent pas à atteindre une intensité et un
caractère tels que les mots manquent pour les
décrire et que je suis près de m'évanouir en y
pensant. Tout ce que je puis dire, c'est que l'être
qui les poussait avait naguère été mon ami.

Le vent sans doute et les hurlements me firent
revenir à moi en cet instant atroce. Je me souviens ensuite d'une course folle par des salles et
des corridors noirs comme de l'encre et, la cour
une fois traversée, d'une fuite éperdue dans la
nuit. On me retrouva à l'aube, errant au voisinage de Ballyhough. Mon esprit était égaré, mais
les horreurs que j'avais vues ou entendues
d'abord n'étaient pas ce qui me tourmentait le
plus. Quand lentement je revins à moi, je fis allusion à deux faits qui s'étaient produits au cours
de ma fuite, deux faits sans signification et qui
pourtant continuent à me hanter quand je suis
seul près d'un marécage, ou la nuit au clair de
lune.

Fuyant le château maudit, j'entendis, en lon-
geant la tourbière, un bruit qui en soi n'avait
rien d'extraordinaire et que pourtant je n'avais
jamais entendu à Kilderry. Les eaux stagnantes,
complètement privées, jusque-là, de toute vie
animale, débordaient maintenant d'une horde
d'énormes grenouilles visqueuses dont les cris
aigus et incessants contrastaient étrangement
avec leur taille. Brillantes, vertes et bouffies, elles

semblaient contempler le clair de lune. Je suivis le regard de la plus grosse et de la plus hideuse d'entre elles et, pour la seconde fois, je fus témoin d'un spectacle qui me mit hors de moi.

Allant directement de l'étrange ruine de l'îlot jusqu'à la lune, s'étendait un faible rayon lumineux, sans aucun reflet. Dans ma fièvre, je crus voir monter lentement, sur ce blême chemin, une ombre mince et convulsée, une ombre vague et qui luttait, dans d'effroyables contorsions, contre d'invisibles démons qui semblaient l'entraîner. Cette ombre hideuse semblait à mon esprit égaré un portrait monstrueux, une inconcevable caricature de cauchemar, une effigie sacrilège de celui qui avait été Denys Barry.

DÉCOUVREZ LES FOLIO 2 €

Parutions de janvier 2007

Régine DETAMBEL   *Petit éloge de la peau*

« L'écriture aujourd'hui, moderne poétique de la peau, n'écorche plus le papier. Fi des parois scarifiées. Elle se tient loin du manuscrit, du parchemin, de cette peau de veau mort-né, encore sanguinolente, dont le vélin tira sa palpitante origine. »

Caryl FÉREY   *Petit éloge de l'excès*

« L'excès non seulement résiste aux règles imposées, mais permet aussi de nous multiplier, de nous essayer à toutes les sauces, tous les possibles, de grandir en somme. Tant pis si on est excessivement mauvais. »

Jean-Marie LACLAVETINE   *Petit éloge du temps présent*

« Nous vivons désormais dans le "présent perpétuel" prédit par Debord. Oh, sinistre prestige de la table rase, conjugué à la tyrannie du spectacle… »

Richard MILLET   *Petit éloge d'un solitaire*

« S'il aimait autant la solitude, c'était qu'il pouvait ainsi laisser libre cours à ce qu'il faut bien appeler son originalité ou ses bizarreries. »

Boualem SANSAL   *Petit éloge de la mémoire*

« Jadis, en ces temps fort lointains, avant la Malédiction, j'ai vécu en Égypte au pays de Pharaon. J'y suis né et c'est là que je suis mort, bien avancé en âge… »

Dans la même collection

H. C. ANDERSEN	*L'elfe de la rose* et autres contes du jardin (Folio n° 4192)
ANONYME	*Conte de Ma'rûf le savetier* (Folio n° 4317)
ANONYME	*Le poisson de jade et l'épingle au phénix* (Folio n° 3961)
ANONYME	*Saga de Gísli Súrsson* (Folio n° 4098)
G. APOLLINAIRE	*Les Exploits d'un jeune don Juan* (Folio n° 3757)
ARAGON	*Le collaborateur* et autres nouvelles (Folio n° 3618)
I. ASIMOV	*Mortelle est la nuit* précédé de *Chante-cloche* (Folio n° 4039)
AUGUSTIN (SAINT)	*La Création du monde et le Temps* suivi de *Le Ciel et la Terre* (Folio n° 4322)
J. AUSTEN	*Lady Susan* (Folio n° 4396)
H. DE BALZAC	*L'Auberge rouge* (Folio n° 4106)
H. DE BALZAC	*Les dangers de l'inconduite* (Folio n° 4441)
T. BENACQUISTA	*La boîte noire* et autres nouvelles (Folio n° 3619)
K. BLIXEN	*L'éternelle histoire* (Folio n° 3692)
BOILEAU-NARCEJAC	*Au bois dormant* (Folio n° 4387)
M. BOULGAKOV	*Endiablade* (Folio n° 3962)
R. BRADBURY	*Meurtres en douceur* et autres nouvelles (Folio n° 4143)
L. BROWN	*92 jours* (Folio n° 3866)
S. BRUSSOLO	*Trajets et itinéraires de l'oubli* (Folio n° 3786)
J. M. CAIN	*Faux en écritures* (Folio n° 3787)
A. CAMUS	*Jonas ou l'artiste au travail* suivi de *La pierre qui pousse* (Folio n° 3788)
A. CAMUS	*L'été* (Folio n° 4388)

Composition Bussière
Impression Novoprint
á Barcelone, le 2 janvier 2007
Dépôt légal: janvier 2007
Premier dépôt légal dans la collection: mars 2005

ISBN 2-07-030819-7./Imprimé en Espagne.